책갈피의 기분

책갈피의
기분

김먼지 지음

책 만들고 쓰는 일의 피 땀 눈물에 관하여

제철소

차례

1부
나는 12구짜리 멀티탭입니다

남들은 다
내가 멋지다고 했다

나이가 들수록 타인에게 나를 소개할 기회가 드물다. 오히려 나를 너무 잘 아는 사람들만 주위에 남아 있는 게 문제라면 문제랄까. (마지막 소개팅이 대체 언제였더라….) 그럼에도 내가 하는 일 같은 걸 궁금해하는 사람이 있다면 습관처럼 이렇게 말한다.

"저는 작은 출판사에서 책 만들어요."

'편집자'나 '북에디터' 같은 명칭은 어쩐지 쑥스럽다. 상대방의 반응이 대부분 "우아!" 혹은 "오!" 정도의 감탄사이기 때문이다. 그리고 나는 너무나 잘 알고 있다. 내 직업이 경외감 가득한 눈빛을 받을 만큼 대단하거나 훌륭하진 않다는 걸.

특히 대학 동기나 선후배 앞에서 그 부담은 극에 달한다. 국문과나 문창과를 나와서 학원 강사를 하거나 은행에 다니거나 카페를 차린 이들의 눈에는 전공을 살려 일하고 있는 내가 근사해 보이는 모양이다.

이것이 책의 힘일까. '책'이라는 매개가 지닌 지적인 이미지 앞에서 내 삶은 굉장히 그럴듯하게 포장되곤 한다. 하지만 나는 나를 부러워하는 그들과 다를 바 없는 한낱 직장인일 뿐이다. 게다가 그들보다 더 벌지도 못하는. 마감을 위해서라면 무급 야근에 주말 출근이 당연하고, 사장과 저자와 마케터와 디자이너와 제작처 사이에 책갈피처럼 끼어 언제나 빌고 또 빌어야 하는.

그들의 낭만을 굳이 깨고 싶지 않기에 우는 소리는 적당히 하는 편이다. 대신 동종업계 지인을 만나면 무려 다섯 시간 동안이나 쉬지 않고 출판업의 온갖 폐단에 대해 신랄하게 까대곤 하는 것이다. 물론 다섯 시간의 수다 끝에 헤어진 두 사람은, 이튿날 아무 일도 없다는 듯 멀쩡하게 출근해 노을조차 못 보고 오래오래 야근을 하게 된다는 웃픈 이야기.

뭐 하는 분이세요?

"저는 작은 출판사에서 책 만들어요."

상대방이 이 업계를 잘 모를 경우, 그다음 대화는 보통 이렇게 흘러간다.

"우아! 그럼 뭐 하시는 거예요? 책 디자인 하세요?"

"아뇨, 저는 편집자예요."

"아, 그러면 글을 쓰시나요?"

"아뇨, 디자인은 디자이너가 하고, 글은 작가가 써요. 저는 글이 책이 될 때까지의 모든 과정을 돕고 있어요."

"아…."

대화가 이쯤 진행되면 상대방은 곧 입을 닫는다. '어차피 들어도 잘 모르겠군.' 하는 떨떠름한 표정이다. 어쩌면 내가 잘난 체를 한다고 느낄지도 모른다. 하지만 나로선 최선을 다해 설명했다. 실은 나도 편집자가 어떤 일을 하는지 명쾌하게 정리하기가 어렵다. (아마 우리 엄마도 잘 모를 거다.)

최근 드라마 덕에 그나마 알려진 편이지만, 몇 년 전만해도 편집자는 꽤 생소한 직업이었다. (그리고 이종석 같은 편집자는 없으니 그만 물어보세요…) 편집자라고 하면 보통 온종일 책상 앞에 앉아 원고의 틀린 글자를 빨간 펜으로 체크하는 역할을 떠올리기 쉽다. 성격은 조금 예민해 보이겠지. 머리는 하나로 질끈 묶고, 두꺼운 뿔테 안경을 쓰고, 어쩐지 펜을 입에 문 채 골똘히 생각에 빠져 있는 그런 이미지. 실은, 출판사에 입사하기 전 내 머릿속 편집자의 모습이 딱 이랬다.

과거에 비해 요즘은 작가가 되는 길이 다양하게 열려 있다. 어느 한 분야에 대한 전문성이나 독특한 관점만 있다면 누구나 쉽게 가치 있는 책을 쓸 수 있다. 바야흐로 '1인 1책' 시대가 도래한 것이다. 심지어 '노래 교실'처럼 '책 쓰기 교실'도 우후죽순으로 생겨 수많은 작가를 배출하고 있다.

출판사도 이제 가만히 앉아 원고가 들어오기만을 기다리지 않는다. 투고도 제법 많은 편이지만, 조금 더 적극적으로 책을 써줄 '일반인 작가'를 발굴해낸다. 요리를

잘하는 파워블로거, 스피치 학원을 운영하는 아나운서, 홀로 여행을 다녀온 사진작가 등 누구나 출판사의 타깃이 된다. 블로그나 SNS에 올린 글을 모아 책으로 만들자고 제안하거나, 아직 원고는 없지만 이러이러한 책을 만들고 싶으니 그에 맞는 글을 써달라고 요청하기도 한다. 그리고 그 모든 시작과 끝에 편집자가 있다.

계약이 성사되면 편집자는 작가가 글을 쓰도록 다양한 조언과 독촉전화를 아끼지 않는다. 좋은 콘텐츠를 가지고 있지만 글을 도저히 못 쓰겠다고 하면 대필 작가를 붙이기도 한다. 시장조사와 콘셉트회의를 반복한다. 일러스트가 필요하면 책의 느낌에 어울리는 그림작가를 섭외한다. 사진이 필요하면 사진작가를 찾거나 편집자가 직접 찍기도 한다. 원고가 완성되면 교정을 보고, 디자이너에게 디자인을 발주하고, 마케터와 마케팅 회의를 하고, 사은품을 제작하고, 제목과 카피를 뽑고, 견적을 내서 인쇄소와 제본소에 제작을 의뢰한다. 지업사에 종이도 발주해야 하고, 컬러가 중요한 책은 인쇄소에 가서 색이 잘 나오는지 감리도 봐야 한다. 그 사이에 외주자들에게 비용이 잘 지불되었는지도 체크해야 나중에 싫은 소리를 안 듣는다. 책이 나오면 보도자료를 쓰고, 출간 기념 이벤트를 진행하고, 언론사와 방송국에 홍보용 책을 보낸다.

물론 규모가 있는 출판사는 기획팀, 편집팀, 제작팀, 홍보팀이 따로 있다. 하지만 나처럼 작은 출판사에 다니는 편집자는 이 모든 것을 혼자서 감당해야 한다. 한 명 한 명이 '1인 출판사'나 다름없다. 책이 만들어지는 과정과 과정, 그 세밀한 틈새마다 편집자가 존재한다. 출판과 관계된 모든 사람 사이에서 의사소통을 진행한다. 거의 멀티탭 수준이다. 그것도 한 12구짜리.

그런데 이토록 많은 일에 관여하다 보니, 정작 내가 뭘 하고 있는지 잘 모를 때가 있다. 온종일 쉬지 않고 일했는데, 이를테면 두 번의 회의와 한 번의 미팅 그리고 세 명의 저자와 통화를 하고 각각의 피드백 메일을 보냈는데 하루가 다 가버린 날이 그랬다. 그래서 정작 퇴근 전에 업무일지를 쓰려고 보면 머리가 새하얘져서 아무것도 쓰지 못한 채 빈 화면 앞에 한참을 멍하니 있느라 퇴근이 더 늦어지곤 한다. (억울해, 정말 억울하다고!)

바로 이런 까닭이다. 내가 내 일을 내 입으로 분명히 정의하지 못하는 것은.

어쩌다가, 라고
물으신다면

어린 시절, 장래희망이 편집자인 적은 한 번도 없었다. 뭔지도 몰랐으니까. 그냥 남들이랑 비슷했다. 빨간 소방차를 동경하던 나이에는 소방차가 되고 싶었고, 미술학원에 다니던 시기에는 화가가 되고 싶었다. 초등학교 2학년 때 어느 글짓기 대회에 나가서 대상을 받았는데, 무려 상품이 전자레인지였다. 내 몸만큼 커다란 박스 앞에서 사진을 찰칵찰칵 찍었고, 시상식에 참석한 어른들은 어린 나더러 "김먼지 작가님, 축하해요!" "미리 사인 받아야 하는 거 아냐?"라고 인사를 건네며 잔뜩 추켜세웠다. 작은 단체에서 주관하는 대회라서 참가자도 많지 않았을 테고, 어린 나이에 공책 세 권을 빼곡하게 채운 나름 장편동화를 제출한 성의를 가상히 여겼으리라 추정된다. 제목이 뭐였더라, '아기 토끼 로리의 모험' 정도였던 것 같다. 귀엽기도 하지.

그날부터 내 생활기록부 장래희망란을 채운 것은 '작가'였다. 시간이 흐르면서 내 꿈은 동화작가부터 소설가까지 다양한 장르를 넘나들었지만, 궁극적으로는 문학 하는 사람이 되고 싶었던 것 같다. 워낙 글 쓰는 것을 두려워하지 않았다. 엄마가 하던 가게 바로 아래층이 작은 서점이었는데, 그곳을 도서관처럼 들락거리며 책을 읽은 것도 한몫했을 것이다. 독후감이나 일기도 막힘없이 썼다. 언젠가부터 교내에서 주최하는 글짓기 대회에서 상을 휩쓸기 시작했다. 오호라, 내가 잘하는 건 이거로구나! 자신감이 붙었다. 조금 자만하기도 했다.

중학교에 입학해서는 신문부 활동을 했고, 독서클럽에 가입해서 책도 읽고 도서관도 관리했다. 이 시기부터 백일장을 휩쓸던 어린이가 받아오는 상장은 차츰 줄어들기 시작했다. 고등학생 때는 영화부에 들어가 시나리오를 쓰기도 했다. 댄스부나 만화부처럼 재미있어 보이는 동아리 활동도 물론 많았지만, 차마 눈길을 돌릴 수 없었다. 이미 내 진로는 명확하게 정해져 있었으니 작가 지망생에게 어울리는 근사한 모임이면 그걸로 됐다. 그때의 나는 아마 그런 허세를 가지고 있었던 것 같다.

그리고 스무 살이 되던 해. 아주 오래전부터, 그러니까 초등학교 2학년 때 정해둔 대로 나는 한 대학의 국어국문학과에 입학했다. 내 꿈은 작가였으니까. 국어국문학과는 어느 대학에나 있는 학과인 데다 인문 계열이라 커트라인이 비교적 낮았다. 덕분에 내 수능 성적으로 무난히 입학할 수 있었다. 만약 내 꿈이 의사였다면, 변호사였다면… 이미 한참 전에 재고되었겠지.

대학 생활은 정말 신났다. 나는 흥이 넘치는 스무 살이었으니까. 솔직히 고백하자면 전공 수업은 재미없었다. 고전시가를 분석하고, 우리말의 어원을 연구하고, 사라져가는 방언을 조사하고, 한국어 문법을 이해해야 했다. 언젠가 글을 쓰는 데 분명 도움이 되겠지만 당시엔 지루하기 짝이 없었다. 그래도 꾸역꾸역 과제를 제출했고, 성실하게 시험을 치르며 학점을 이수했다. 매번은 아니지만 가끔 장학금도 받았고, 친구들의 자소서를 봐줄 정도로 문장력에 있어서는 나름 인정도 받았다.

내가 다닌 학교에는 문예창작학과가 있었다. 나는 국문과를 수료하는 김에 문창과 수업도 함께 듣기로 했다. 특별한 이유가 있었던 건 아니고, 어차피 국문과나 문창과나 거기서 거기겠지 하는 아주 가벼운 마음이었다. 그리고 문창과 수업을 듣기 시작한 바로 그 학기부터 내 이름은 장학생 명단에서 빠지고 말았다.

　이제껏 국어나 문학, 작문 같은 과목에서 패배감을 맛본 경험은 없었다. 그런데 이곳은 달랐다. 국문과 과제가 '현대시 분석해오기'였다면, 문창과 과제는 '현대시 써오기'였다. 다짜고짜 나한테 시를 쓰라고 했다. 대체 어떻게 쓰지? 그런데 남들은 척척 잘만 썼다. 난생처음 느낀 문학적 열등감에 와락 눈물이 날 것 같았다. 맞춤법은 그들보다 정확한데, 정작 내 소설에는 반전이 없었고, 막상 내 시에는 감동이 없었다. 문창과 수업에서 플롯을 구성하는 법을 배웠고, 낯설게 쓰는 서사 기법도 배웠다. 배웠더니 더 안 써졌다. 배운 걸 넣으려고 하니 아예 써지지가 않았다. 고등학교 때 좋아하는 연예인을 주인공으로 썼던 팬픽보다 더 쓰기 힘들었다. 국문과 졸업논문은 도서관에서 며칠 밤을 새우면 어떻게든 페이지를 채울 수 있었는데, 문창과 졸업작품은 수십 밤을 지새워도 한 줄을 쓸까 말까였다. 그것도 썼다 지웠다 썼다 지웠다 무한 반복의 루프…. 절망적이었다. 그날 나는 처음으로 깨닫게 된 것이다.

　'아, 나는 창작을 못 하는 인간이구나!'

국문과와 문창과는 결국 '학문'과 '예술'의 차이였음을 뼈저리게 느끼는 순간이었다. 곰곰이 생각해보니 나는 취미로 끄적끄적 낙서 같은 그림도 종종 그렸는데, 무언가를 보고 따라 그리는 건 꽤 잘하는 편이었으나 실체가 없는 것을 상상해서 그리는 건 영 젬병이었다. (지금도 여전히.) 글도 마찬가지였던 것이다. 이미 있는 작품을 분석하거나 내가 겪은 일을 글로 풀어내는 건 아주 쉬웠지만, 스토리텔링이나 문학적 감각은 제로에 가까웠다. 그런 글은 예술가들이나 쓸 수 있는 거라고 생각했다. 확실히 나와는 거리가 멀었다. 난 그냥… 일기나 끄적이며 생을 마감하는 게 나을 것 같았다. 그렇게 초등학교 2학년 때부터 이어온 꿈을 나는 포기했다.

대학을 2년쯤 다니다 보면 없던 현실감도 슬슬 생기기 마련이다. 이 정도 수준이라면 어찌어찌 대학원에 들어가 몇 년간 습작에 매진하다 운 좋게 문예지를 통해 등단은 한다 해도, 글만으로 먹고살기는 힘들겠다는 판단이 섰다. 자존감이 더 낮아지기 전에 현실을 직시하고 다른 진로를 찾아야 했다. 하지만 아홉 살 이후로 작가 말고 다른 방향은 생각해본 적이 없기 때문에 대학을 졸업할 즈음에는 정말 두려움이 엄습했다. 이제 그 힘들다는 취업전선으로 뛰어들어야 하는데, 대체 뭘 해야 할지 막막했다.

그리고 졸업을 했다. 하고야 말았다. 남들 다 하듯 '사람인'과 '잡코리아'를 뒤지기 시작했다. 내겐 선택권이 많지 않았다. 배운 거라곤, 할 줄 아는 거라곤 글 쓰기 그리고 책 읽기였다. 동기들은 학원에서 국어를 가르치기도 했고, 공무원 시험에 도전하기도 했고, 방송 리포터에 지원하기도 했다. 다른 건 엄두도 나지 않았던 나는 어떻게든 책과 붙어 있기로 했다. 글을 떠나지 않고 책 사이에 끼어 산다면 언젠가는 내 글을 쓰게 되지 않을까 하는 막연한 희망 같은 것이었다. 그러니 어쩔 수 없는 일이었다. 내가 출판사에 오게 된 것은 숨 쉬듯 자연스러운 결과였다.

편집자의 조건

나는 친화력이 좋은 편이다. '쿨한' 성격은 아니지만, 처음 보는 사람에게 먼저 다가가 스스럼없이 말을 건네는 일이 어렵지 않다. 특별히 무례한 사람만 아니라면 오히려 낯선 이와의 대화가 더 즐거울 때도 있다. 수다스럽고 흥 많고 리액션 좋은 데다 목소리까지 커서, 시끄러운 카페에서도 사람들이 나를 알아볼 정도다.

"야, 김먼지! 너 여기 있는 줄 알았어. 카페 밖까지 네 웃음소리가 쩌렁쩌렁 들리더라."

그런데 이런 성격의 편집자는 드문 모양이다. 같이 일하던 한 선배는 식당에서 파스타를 먹으며 룰루랄라 어깨춤을 추던 나한테 "난 먼지 씨 같은 편집자 처음 봐."라고 말한 적도 있다. 이런 사교적인 성격은 마케터가 갖추어야 할 조건이라고 생각하기 쉬운데, 사실 편집자에게도 꽤 중요하다. 관계를 맺어야 하는 사람이 아주 많기 때문이다. 디자이너나 마케터 등 회사 동료와도 긴밀하게 소통해야 하고, 내부에 인력이 충분하지 않을 때는 외주를 줘야 할 때도 있다. 그야말로 사람을 상대하는 일이다.

무엇보다 저자와 관계 맺는 과정에서 이러한 성격은 큰 도움이 된다. 저자와의 관계가 중요한 까닭은, 정말 좋은 콘텐츠를 가진 저자를 내 편으로 끌어오는 것 자체가 편집자의 '인맥' 즉 '능력'이 되는 구조 때문이다. 좋은 저자의 좋은 원고를 책으로 만들어내는 것도 중요하고, 그 책이 인기를 누릴 경우 차기작까지 계약하게 하는 것이 편집자의 역할이다. 어떤 저자들은 호흡이 아주 잘 맞는 담당 편집자가 따로 있어서, 그가 출판사를 옮길 때마다 거기서 책을 내기도 한다. 그러다가 백년가약을 맺는 케이스도 봤다. 이렇게 끈끈한 관계를 형성하려면 모름지기 첫 단추가 중요한 법이다. 애초에 첫발을 함께 내딛지 않는다면 기회조차 오지 않으니까.

꼭 계약하고 싶은 저자가 생기면, 그런데 그 저자를 놓칠까 봐 걱정이 될 때면, 곧장 전화를 하거나 만나서 우리 회사와 책을 내자고 설득한다. 이 책이 세상에 나와야 하는 당위성을 설명하고, 우리 회사가 그동안 출간해온 책과 공격적인 마케팅을 자랑하기도 한다. 내가 구상한 이 책의 콘셉트와 요즘 트렌드를 어필하고, 편집에 임하는 나의 포부까지 밝힌다. (이건 뭐 거의 입사 면접 수준이군.) 커피 잔이 바닥을 보일 무렵 마침내 계약서에 사인을 한 저자는 이런 말을 남기는 것이다.

"다른 것도 물론 좋지만, 무엇보다 오늘 대화를 나눠보니 김먼지 편집자님의 느낌이 너무 좋으시네요. 저는 제 느낌을 믿을래요. 잘 부탁드려요."

신기하게도 10명 중 6명은 나와의 미팅이나 통화 후 '느낌이 좋다' '상냥하다' '친절하다'라는 이유로 계약을 했다. 자랑은 아니다. 그 말을 100퍼센트 신뢰하진 않기 때문이다. 내가 저자라면 상대방의 톤앤매너만 보고 책을 맡기진 않을 거다. 그들 역시 복합적인 요소들을 꼼꼼히 검토해보고 그저 적당히 내 비위를 맞춰주려고 예의상 덧붙인 말일 테지만, 그래도 기분이 좋은 건 사실이다.

한번은 이런 일도 있었다. 어느 저자가 투고한 원고 콘텐츠가 꽤 괜찮아 보여서 만나고 싶다고 메일을 보냈더니, 이미 한 출판사와 미팅이 잡혀서 더 이상 다른 곳들과 접촉하고 싶지 않다는 회신이 왔다. 쩝, 아쉬운 마음에 입술을 삐죽거리는데 옆자리 선배가 내 어깨를 툭치며 이렇게 말했다.

"아직 계약 전이지? 그럼 한 번만 만나자고 해봐. 먼지 씨는 상냥해서 분명 마음을 돌릴 수 있을 거야."

선배의 말에 힘을 얻어 바로 전화를 걸었다. 저에게도한 번만 기회를 달라고. 다양한 출판사의 조건을 비교해보시고 결정해도 늦지 않다고. 열과 성을 다해 설득했고만남을 성사시켰다. 물론 그가 계약을 한 건 우리 출판사였다!

나는 비록 차분하고 냉철하며 똑 부러지는 근사한 편집자는 아니지만, 웃음 많고 리액션 좋은 편집자도 이정도면 할 만하지 않은가.

안녕하세요, ○○○ 작가님. △△출판사의 김먼지입니다. 오랜만에 연락드리네요. 잘 지내셨는지요? 어느덧 겨울이 지나고 봄의 기운이 느껴지는 듯합니다.

오늘은 조심스러운 부탁을 드리고자 합니다. 잘 아시다시피 출판업계 경기가 썩 좋지 않습니다. 저희 같은 작은 출판사는 더더욱 어려운 시간을 보내고 있습니다.

그런 와중에 다른 출판사에서 ○○○ 작가님의 책이 척척 나오는 동안에도, 언젠간 저희와의 약속도 지켜주시겠거니 하고 그저 기다렸습니다. 하지만 기다림이 너무나 오래되어 이제는 결단을 할 시기가 온 것 같습니다.

3년 전에 체결한 소설 '김먼지는 사실 고양이었다'(가제)의 기존 계약을 파기하고 선지급한 계약금 300만 원을 돌려받고 싶습니다. 어려운 말씀 드리는 저희 사정도 부디 이해

해주셨으면 합니다. 계좌번호는 첨부한 통장 사본을 참고
해주십시오. 입금 날짜를 알려주시면 감사하겠습니다.
언젠가 또 다른 귀한 인연으로 만나 뵙길 소원합니다. 건
강하십시오.

△△출판사 김먼지 드림

불행의 값어치

━━◢ 모든 업계가 경기가 안 좋아 힘들다고 하소연하지만, 내가 몸담고 있는 출판계도 만만치 않게 심각하다. 사람들이 점점 책을 사지 않아 전체적으로 분위기가 싸늘하게 식었지만, 그보다 훨씬 더 이전부터 출판노동자가 받는 대우는 짜디짰다. 박봉에 일까지 많아 야근은 필수인데 그에 맞는 수당은 나오지 않는. 몇몇 대형 출판사를 제외하고는 대부분 규모가 작은 편이고 1인 출판사도 많아 더 그런 것 같다. 다른 편집자들은 어떤지 잘 모르겠다. 연봉 같은 걸 서로 묻는 건 실례니 말이다. 어쨌든 8년 전 신입사원 시절, 내가 비싼 등록금 내면서 4년제 대학교를 졸업한 뒤 받은 첫 월급 실수령액은 약 80만 원이었다.

당시 내가 입사지원서에 기재한 연봉은 아마 업계 최

저가, '사장님이 미쳤어요! 다시 오지 않을 파격 세일 가'가 아니었나 싶다. 혹시 금액을 높게 쓰면 면접 기회 조차 없을까 봐 겁이 나서였다. 그리고 면접날 대표는 '1600~1800'이라고 써둔 내 입사지원서 위에 손가락을 올리며 말했다.

"요건 못 주고, 요걸로 해야 되겠는데?"

1800은 못 주니까 1600으로 하자는 말이었다. 이렇게 까지 대놓고 말하다니! 치사하고 야속하다는 생각이 아주 살짝 스쳤다. 하지만 나는 졸업과 동시에 여러 군데에 넣은 이력서 중 가장 먼저 연락이 온 이 회사가 너무 고맙고 소중했다. 그땐 '열정페이'라는 단어조차 존재하지 않았고, 내게 '처음'이라는 단어는 너무나 설레는 것이었다. 직장인에게 연봉과 복지의 의미가 어떤 건지도 모르고 그저 '회사가 다 거기서 거기지, 뭐.' 하며 무던하게 넘겼다. 나한테 선택권이 있다는 생각은 추호도 하지 못했다.

그런데 희한하게도 연봉을 12로 나누는 것이 아니라 13으로 나눠서 월급을 주었다. 1년은 12개월인데 왜 13으로 나누느냐 하면, 나머지 1개월 치는 1년이 지나고 나면 적립되는 퇴직금이라는 것이다. 해마다 차곡차곡 모아서 나중에 퇴사를 할 때 준다고 했다. 그러니까 내 퇴직금을 별도로 지급하는 게 아니라, 내가 당연히 받아야 하는 대가로 퉁을 치겠다는 수작이었던 것이다. (실제로 나는 1년을 채우지 못하고 11개월 만에 퇴사를 하게 되었는데, 원래 받아야 하는 1600을 13으로 나눈 것 중 11밖에 받지 못한 셈이다.) 퇴직금을 별도 지급하지 않는 것은 엄연한 근로기준법 위반인데, 순진했던 나는 그저 취업했다는 사실 하나만으로 눈빛을 반짝였다. 8년이 흐른 지금도 악덕 회사에선 빈번하게 부리고 있는 꼼수라고 한다.

심지어 첫 3개월은 수습기간이라 월급의 80퍼센트만 받아야 한다는 그의 말에도 나는 소금 알갱이만큼의 불만이나 의문도 갖지 않을 만큼 상태가 심각했다. 당시 나는 겸손하다 못해 거의 '셀프노예' 수준의 마인드를 지니고 있었던 것이다.

'맞아, 난 지금 완전 신입이고 초보잖아. 모름지기 내가 회사에 도움을 주고서 그에 마땅한 돈을 받아야 하는 건데, 난 지금 처음이라 실수도 많이 할 거고, 폐를 끼칠지도 모르잖아. 그 정도만 받아도 괜찮은 것 같아. 딱 그게 담백하고 좋지.'

그땐 몰랐다. 내가 이렇게 무럭무럭 성장해서 회사에

돈을 벌어다주는 착실한 직원이 되리란 것을.

사실 출판사에서는 신입보다 경력직을 선호한다. 곧장 책을 만드는 실전 업무에 투입시켜야 하기 때문이다. 신입을 뽑으면 가르치고 적응시키기까지 시간이 걸리고 업무량도 늘어나니 초반엔 오히려 손해다. 그래서 신입은 아예 지원 기회 자체가 많지 않다. 하지만 내 첫 출판사는 나를 시작으로 두어 명의 편집자와 회계 담당자, 디자이너까지 계속해서 신입으로 뽑았다. 그 덕에 자신의 일정은 일정대로 소화하면서 신입 교육 시키랴, 신입이 친 사고 수습하랴 정신없던 사수들만 죽어나갔다. 반면 쥐꼬리만 한 월급을 받아도 기회라는 걸 얻은 신입들은 버티고 또 버텼다. 아마 회사도 이런 마인드를 이용하려고 신입들을 뽑아댄 것 같다. 열심히 할 수밖에 없었다. 대부분 '당장은 박봉이어도 조금만 버티다가 경력이 생기면 더 좋은 곳으로 이직을 하자.'라는 생각이었다. 나도 그랬다.

그리하여 신입사원 김먼지는 주 5일 출근(공식적으로는)을 하며, 9시부터 18시 그리고 지하철이 끊기는 23시까지 야근을 하면서, 연봉 1600을 13으로 나눈 다음 거기서 또 20퍼센트를 까인 금액을 월급으로 받게 된다.

그것이 바로 80만 원인 것이다. (세금을 떼면 80도 안 되었다.) 88만 원 세대라더니, 나는 그 기준에서도 8만 원이나 모자랐다.

기왕 80만 원 받고 일하게 된 거, 딱 그만큼만 할 걸. 이게 가장 후회된다. 신입사원 김먼지는 뭐든지 열심히 했다. 할 줄 아는 것도, 잘하는 것도 아직 없어서 오래라도 일하려고 했다. 제일 먼저 출근해서 모든 책상을 닦고, 사람 수에 맞게 커피를 타고, 매일 밤 10시까지 남아서 신문 광고를 스크랩하고, 재고를 정리하고, 일손이 부족하면 창고로 달려가 띠지를 교체하고 바코드 스티커도 붙였다. 솔직히 그땐 힘든 줄도 몰랐다. 그리고 아주 시간이 많이 흐른 뒤에, 누군가 내 일에 대해 물었을 땐 깊은 한숨을 쉬며 이렇게 대답했다.

"좋아해야 버틸 수 있는 일 같아. 이 일에 애정이 있어야 오랫동안 머물 수 있거든. 돈도 많이 안 주고 야근까지 많은데 누가 좋아하겠어? 그런데 불행하게도, 난 이 일을 좋아하는 것 같아…."

그로부터 8년이 지난 지금, 나는 다른 출판사에 있지만 여전히 같은 일을 하고 있다. 연차가 쌓인 만큼 연봉은 올랐으나 고만고만한 수준이다. 아무리 경력이 쌓였어도 그때보다 더 작은 출판사라서 다른 사람의 커피를 타거나 책상을 닦을 때도 있다. 받은 만큼만 일하려면 한 달에 절반 정도만 출근해야 해서 감히 실행에 옮기지는 못하고 있다. 대신, 이젠 내 몸을 사릴 줄 안다. 오랜 회사 생활을 통해 얻은 엄청나게 귀한 교훈이다. 불행한 줄도 모르고 무턱대고 열심히 일하던 신입사원 김먼지가 가르쳐준 생존 기술이다. 안쓰럽지만 대견하다. 그러니 후회하지는 않기로 결정했다.

굳이 편집자가
되고 싶다면

━━━✦ "편집자가 되려면 어떻게 해야 하나요?"

누군가 묻는다면 나는 어떻게 대답해야 할까. 실제로 지인이 자기 후배가 이쪽에 관심이 있다며 물어온 적이 있다. 내 첫 반응은 "꼭 그래야겠대?"였다. 본인이 꼭 그래야겠다고 한다면 곧 시들시들 말라갈 새싹을 위해 잠시 묵념한 뒤 "구인 중인 출판사에 이력서를 넣으면 돼."라고 매우 심플한 답변을 해준다. 너무 성의 없나? 하지만 이게 팩트인걸.

청년실업률이 최고치를 갱신하고 있는 이 시기에도 출판사는 언제나 사람을 구하고 있다. 사람인이나 잡코리아에도 물론 있지만 사실 출판인 구인 글이 가장 많이 올라오는 곳은 '북에디터'라는 사이트다. 홈페이지 디자인이나 레이아웃도 허름하고, 다른 게시판은 이미 오래전에 죽어버린 것 같은데, 신기하게 구인구직 게시판만 활성화되어 있다. (방금 들어가서 확인해보니 오늘 날짜로만 무려 12개의 글이 등록되어 있다!) 그러니 편집자가 되고 싶다면 편집자를 뽑고 있는 출판사에 지원을 하는 것이 가장 확실한 방법이다.

여전히 문제가 있다면 출판사 대부분이 경력직을 선호한다는 점이다. 경험이 쌓이면 쌓일수록 편집자는 노련해진다. '북에디터' 게시판만 봐도 시간과 비용을 투자해서 가르치고 키워야 하는 신입사원을 뽑는 곳은 드물다. 그래서 처음이 중요한 것 같다. 어떻게든 신입사원을 채용하는 곳에 지원해서 경력을 쌓고 나면 그다음부터는 오히려 쉬워진달까. 출판사가 가장 좋아하는 편집자는 감도 좋고 손도 빠르고 열정도 있는데 몸값은 적당한 '3년 차'라는 말도 왕왕 들었다. 그 시기쯤 되면 자기가 원하는 곳을 골라서 갈 수도 있게 된다.

또한 출판계는 매우 좁다. 한 다리 건너면 다 아는 사이다. 심지어 실제 가족도 많다. 편집자와 디자이너 부부도 많고, 사촌에 처남까지 이 업계에서 함께 일하는 것도 봤다. 그렇다 보니 인맥이 굉장히 중요하게 작용한다. 이력서를 보고 사람을 채용하기보다는 알음알음 지인의 추천을 받아 면접을 진행하는 경우를 나는 더 많이 봤다. 사람을 잘못 뽑았다가 시간과 비용과 감정을 낭비할 수 있기에 가급적 검증된 사람을 채용하려는 것이다. 나 역시 첫 번째 회사에서 경력을 쌓은 후로는 전부 같이 일하던 사람들의 소개로 이직한 케이스다. 그러니 첫 회사에서부터 평판 관리가 중요하다.

어쨌거나 신입 편집자로 지원할 때 필요한 몇 가지 팁을 주자면, 솔직히 전공이나 스펙은 크게 상관없는 것 같다. 나처럼 국문과나 문창과 출신들도 많지만, 호텔경영학과를 졸업한 출판마케터나 동양화를 전공한 편집자도 현장에서 종종 마주치는 걸 보면 절대적인 조건은 아닌 것 같다. 다만 문학 전문 출판사라면 문학 전공자가 인맥 면에서 유리할 수 있고, 외서를 전문으로 하는 곳이라면 외국어 능력자가 일하는 데 편할 순 있겠다. 오히려 신입 편집자는 이력서보다 완성도 높은 자기소개서로 자신의 필력을 어필하는 것이 중요하다고 생각한다. 더불어 지원하는 출판사의 출간 도서 중 어떤 책의 어느 부분이 마음에 들었는지, 입사하면 어떤 책을 만들고 싶은지 자신의 기획력도 충분히 발휘하라. (어디까지나 김먼지 개인의 경험과 견해라는 것을 밝힌다.)

무작정 들이밀기 두렵다면 한겨레 출판편집학교나 SBI 서울출판예비학교 같은 아카데미를 수료하는 방법도 있다. 솔직히 시간과 기회가 생긴다면 늦깎이지만 지금이라도 한번 수업을 듣고 싶은 마음이 있는데, 그 까닭은 다름 아닌 '인맥' 때문이다. (이론이나 실무는 어차피 현장에서 직접 배워야 한다.) 친한 디자이너가 SBI 출신인데, 같은 기수 동기나 선생님들과의 끈끈한 관계가 아주 부러웠다. 취업이나 이직을 할 때도 그들의 소개나 추천을 받았다. 아까도 말했지만 이 바닥은 매우 좁다. 인맥이 곧 정보요, 능력이요, 스펙이 된다. 같은 업계에서 서로 의지하고 정보를 공유할 수 있는 사람은 많을수록 좋다. 인맥 관리를 잘하면 더 좋은 회사로 이직할 기회도 많아진다.

자, 여기까지가 신입 편집자 꿈나무를 위한 팁. 이제부터는 그냥 내 이야기다.

회사 일이 고단하고 더럽고 치사하게 느껴질 때마다, 그래서 회사를 때려치우고 싶어질 때마다 나는 '북에디터'에 들어가본다. 나더러 오라고 손짓하는 수많은 출판사의 구애를 찬찬히 감상하다 보면, 결국 다 거기서 거기라는 생각이 들게 마련이다. 한 달 전에 편집자를 채용했다던 출판사에서 또 같은 분야를 모집하고 있다. 새로 뽑은 직원이 얼마 되지 않아 그만두었을 확률이 높고, 만약 그렇다면 근무 환경이 좋지 않다는 뜻이다. 어느 출판사는 몇 달째 채용을 하지 못했는지 같은 공고를 계속 내고 있다. 이런 경우는 처우가 별로라는 뜻으로도 해석된다. 어떤 곳은 인턴을 뽑고, 어떤 곳은 10년 이상 경력의 편집장을 뽑는다. 100퍼센트 마음에 드는 회사는 어차피 없다. 여기저기 다 거르다 보면 결국 귀찮아서 지금 다니던 데나 잘 다녀야겠다고 다짐하게 된다. 엄마랑 심하게 싸운 날, 아무래도 독립을 해야지 싶어 부동산 어플을 켰다가 턱도 없는 월세 앞에서 나도 모르게 엄마를 미워하던 감정이 사르르 녹는, 뭐 그런 비슷한 거 아닐까.

책 만드는 일은
왜 이리 고될까

대학 때 출판사 관계자를 인터뷰하는 과제가 있었다. 어느 메이저 출판사 대표와 연이 닿아 인터뷰 과제를 빙자한 대화를 나누게 되었는데, 10여 년이 지난 지금도 여전히 선명하게 기억나는 말이 있다.

"먼지 씨, 출판은 문화일까요? 아니면 산업일까요?"

당시 스물두 살의 파릇파릇한 대학생 김먼지는 '책'과 '산업'이라는 두 단어를 도무지 연결시킬 재주가 없었다. 책은 너무나도 신성한 것이라서 산업의 영역에 두면 안 되는 줄로만 알았다. 그는 그럴 줄 알았다는 듯이 엷게 웃었다.

"출판은 '문화산업'이에요. '문화'는 '산업'의 수식어죠. 그러니까 출판은 결국 '산업'입니다. 그리고 출판사는 내가 하고 있는 '사업'이고요."

그렇다. 종이와 활자 뒤에 숨어 아무리 고상한 척해도 결국 출판은 산업이요, 출판사는 사업이고, 책은 상품이다. 나는 처음으로 그 진실과 마주하게 된 것이다.

앞에서 잠시 출판의 과정을 소개했지만, 그것은 출간 확정된 원고가 있는 다음의 이야기고, 실은 원고를 계약하기 이전부터 신경 써야 할 게 많다. 책이 상품인 까닭이다. 잘 팔려야 하기 때문이다. 팔리지 않으면 출판사는 손해를 본다. 계약금으로 선지급한 저자 인세를 비롯해 제작비와 인건비, 홍보비를 회수할 수 없게 된다. 재고를 쌓아두는 데 드는 창고비도 만만치 않다. 이건 저자에게도 마찬가지다. 기왕 내 이름을 건 책이 나왔다면 잘 팔려야 가오가 서지. 그러니 결국 이 원고를 책으로 출간해도 될지 말지를 결정하는 것은 '예상 판매량'의 수치인 셈이다.

그렇기에 계약을 하기 전부터 출판사는 이 콘텐츠에 대해 종합적이고도 면밀한 조사를 하고 회의를 거쳐 판단해야 한다.

'시중에 이 원고와 비슷한 책은 없나?'

'그 책은 얼마나 팔렸지? 잘 팔렸나?'

'안 팔렸다면 왜 안 팔렸지? 잘 팔렸다면 왜 잘 팔렸

지?'

'저자는 인지도가 얼마나 있지? 이 책이 나왔을 때 저자의 힘으로 홍보가 가능할까?'

'저자의 힘이 약하다면 이 책을 어떻게 알리는 것이 효과적일까?'

'이 책은 자기계발 분야로 넣어야 하나? 아니면 경제 경영인가?'

'내지는 컬러로 해야 하나? 표지는 하드커버로 해야 하나?'

'제작비는 얼마나 나올까? BEP는 몇 부일까?'

'출간되면 어떤 이벤트를 해야 하지? 광고비로 얼마나 써야 하지?'

'언론 홍보는 방송 쪽이 나을까? 아니면 라디오 쪽이 나을까?'

'이 책의 콘셉트와 잘 어울리는 SNS 홍보 채널은 어느 업체일까?'

이외에도 무수한 질문에 일일이 답을 달아보며 마침내 이 원고가 상품으로서의 가치가 있다는 판단이 서면, 그제야 계약을 하는 것이다. 물론 백문백답을 거쳐 확신이 드는 원고를 계약해도 막상 시장에 내놓으면 반응이 어째 시원찮은 경우가 있다. 아니, 오히려 대박을 예감했는데 쪽박인 경우가 훨씬 많다. 책을 사는 사람들은 나날이 줄어든다. 패션만큼이나 트렌드에 휘둘리고, 계절의 변화나 사건 사고에도 영향을 받는다. 그러니 신중할 수밖에.

나는 매일 한두 건 이상의 원고를 검토한다. 누군가 출판사에 투고한 기획일 때도 있고, 해외 에이전시에서 보내온 레터도 있다. 자기계발서도 있고, 그림책도 꼼꼼히 살핀다. 그리고 매주 있는 기획회의 때 괜찮은 아이템을 추려서 브리핑을 한다. 그중 실제 계약으로까지 이어지는 건은 한 달에 하나 있을까 말까 한 정도다. 계약을 하려다가 엎어지기도 하고, 계약을 하고서도 파투가 난다.

책을 만드는 것은 이다지도 고된 일이다. 출판사는 책 장사를 해서 먹고사는 곳이니까, 아무리 좋은 내용이어도 팔리지 않을 것 같으면 출간하지 않는다. 그리고 바로 이 지점이다. 작은 출판사의 한계를 마주하는 순간은. 내용은 정말 훌륭한데, 지금 우리 사회에 꼭 존재해야 하는 가치 있는 콘텐츠인데, 판매력은 썩 좋아 보이지 않는 그런 원고를 만날 때마다 나는 무력감을 느끼는 것이다.

그래, 생각해보니 책을 만드는 것보다 만들지 못하는 이 마음이 나는 더 고되고 고단하다.

책 좀 사라,
사람들아

━━━✔ 출판사에서 하는 일은 엄연히 따지면 책을 '만드는' 일이다. 판매를 하는 것은 보통 서점의 역할이다. 독자들이 출판사를 방문해서 책을 사 가지는 않으니 말이다. 그런데 책을 만드는 나도 본격적으로 책을 파는 경우가 있다. 도서전이나 책을 테마로 하는 축제가 있는 날이다. 부스를 설치하고 책을 진열한 뒤 "책 사세요!" 하고 있는 힘껏 소리치는 일을 편집자든 디자이너든 마케터든 직책과 상관없이 그날만큼은 해야 하는 것이다. 그리고 그런 날에야 비로소 깨닫는 것들이 있다.

잘 만든 책에는 저절로 사람들의 시선이 머문다. 사람을 모으는 건 어렵지 않다. 하지만 아무리 좋은 책이라도 그들의 지갑을 여는 것은 쉬운 일이 아니다.

어린이를 위한 책들을 들고 나가서 팔던 어느 날, 우

리 출판사는 한쪽 테이블에 아이들이 직접 색연필로 색을 칠할 수 있는 컬러링북 체험존을 만들었다. 그러자 동네 아이들이 몽땅 몰려온 듯한 착각이 들었다. 내가 유치원 선생님이 된 기분은 덤.

"선생님! 이거 칠해도 돼요?"

"그럼요, 칠하고 싶은 거 칠해보세요!" (그리고 엄마한테 꼭 사달라고 하세요!)

"선생님, 저 다른 거 하고 싶어요."

"벌써 하나 했으니까 이제 다른 친구들한테 양보해주면 안 될까요?" (사면 30장 다 칠할 수 있어요!)

"이거 집에 가져가도 돼요?"

"색연필은 선생님이 가져온 거니까 가져가면 안 돼요!" (너희 집에도 있잖아요?)

유치원을 운영하는 건 아주 귀찮은 일이지만 일종의 전략이다. 신나게 체험을 한 아이의 입에서 결국에는 "엄마, 나 이거 사줘!"라는 말이 나오기 때문이다. 그러면 부모님들은 쓴웃음을 지으며 "카드도 되나요?"라고 묻는다. 물론 눈빛은 '안 된다고 대답해, 어서!'라고 말하면서 말이다. 하지만 요즘은 카드 단말기 없이는 안 되는 세상이기에 사전에 완벽하게 준비를 해놓는다.

그런데 유치원 전략이 매번 성공하는 것은 아니다. 아이를 1시간가량 맡기다시피 하고 편안하게 커피를 마시며 벤치에서 쉬다 온 어느 어머니는 아이가 실컷 색칠한 종이 한 장만 달랑 챙겨가면서 "인터넷으로 사줄게."라고 아무렇지 않게 말했고, 하필 그게 내 귀에까지 들리고 말았다. 기운이 빠질 수밖에 없다.

전날부터 책 포장에 진을 빼고, 아침부터 박스를 나르고, 온종일 서서 책을 팔며 아이들을 돌보고, 한쪽 구석에 쪼그려 앉아 김밥을 먹고…. 손님이 많으면 많은 대로 힘들고, 적으면 적은 대로 지치는 하루를 보낸다.

부스를 정리할 무렵이 되면 생각이 많아진다. 역시 아이들이 재미있게 보는 책이 잘 팔리는구나, 하지만 부모님들은 교훈적인 책을 더 좋아하는 눈치였어, 이 책은 세계 그림책상에서 대상을 받은 책인데 오늘은 한 권도 안 팔렸네, 프랑스 명화를 소개하는 이 책도 참 유익할 텐데 아이들 취향은 아니었나 보다….

종일 미세먼지를 잔뜩 들이마신 책을 툭툭 털며 다시 박스에 넣는다. '앞으로 나는 어떤 책을 만들어야 할까?' 하는 묵은 질문도 함께.

어떤 기분이신가요

▰▰◢ 이 나이 먹고 주책이지만, 고등학생들에게 반해 버린 적이 있다. Mnet에서 방영했던 〈고등래퍼2〉라는 프로그램에 푹 빠진 것이다. 1위는 하지 못했지만 나의 원픽은 '빈첸'이라는 래퍼였다. 처음엔 어린 나이에 일찍 독립해 고생하는 모습이 안쓰러워서 마음이 갔다. 고등 학생이 쓰기엔 굉장히 수준 높은 메타포 가사도 근사했 다. 방송을 하며 어두웠던 아이가 조금씩 밝아지는 모 습을 보는 행복감도 있었다. 하지만 무엇보다 내 마음을 흔들어놓은 것은 방송에서 들려준 어느 랩 때문이었다.

그날도 고단한 하루였다. 좋은 책을 빠르게 만드느라 이리 뛰고 저리 뛰었다. 하지만 결국 일정에 맞추지 못했 다. 인쇄 기계가 고장이 나서 납기일 안에 못 들어간다 는 실장님 전화를 끊고 나니까 괜히 눈물이 핑 돌았다.

아무도 내게 뭐라고 하지 않았는데, 벌써 혼이 난 기분이었다. 그 고생을 했는데 결국 안 되는구나, 하는 억울하고 서러운 마음도 들었다. 이런 별것 아닌 통화에 상처받는 내가 못난 것 같았다. 이게 내 한계인 것 같고, 내가 섬세하지 못한 것 같고, 내가 게으른 것 같고, 내가 자격 미달이라는 생각이 들었다.

그런데, 실은 그런 건 아니었다. 코딱지만 한 우리 회사는 매달 새로운 책이 나와야 매출이 생긴다. 매출이 생겨야 회사와 내 월급을 안전하게 지킬 수 있다. 그런 까닭에 나는 시간을 분 단위로 쪼개어가며 치열하게 책을 만들고 있다. 그럼에도 불구하고 안 되는 일은 언제나 있다. 맥주 캔 하나 따서 멍하니 텔레비전 앞에 앉아 있을 때, 텔레비전에서 이 노래가 흘러나왔다.

제 노래를 듣고 있는

당신들의 오늘 하루는 어땠고

지금은 또

어떤 기분이신가요

빈첸, 〈그대들은 어떤 기분이신가요〉

나는 혼자 가만히 중얼거렸다.

"책갈피의 기분…."

책을 만들며 이 책 저 책 사이에서 치이고, 결국 너덜너덜 납작해져버린 그날, 나는 책갈피의 기분을 이해하게 된 것이다. 빈첸이 내 기분을 물어봐주지 않았다면 이 책의 제목은 세상에 나오지 못했을 것이다.

그래도 기왕 책갈피로 살아야 한다면 가급적 납작해지는 것이 좋겠지. 편집자의 삶이란 어차피 책 안에 담겨 있어야 하니까 말이다.

먼지 : 네, △△출판사 김먼지입니다.

독자 : 거기 『여자의 마음을 훔치는 러브 심리학』을 낸 출판사 맞지요?

먼지 : 아, 네! 맞습니다.

독자 : 이 책 정말 효능이 있나요?

먼지 : 네?

독자 : 아니, 이 책이 정말로 효과가 있냐는 말입니다.

먼지 : 음, 저희가 일일이 확인을 해본 것은 아니지만….

독자 : 내가 1만 2000원이나 주고 이 책을 샀는데, 주위에서 다들 효과가 없을 거라고 하더라고요.

먼지 : 독자분마다 책을 읽으신 뒤에 각자 적용을….

독자 : 하아, 내 여자의 마음을 훔쳐야 하는데 말입니다.

먼지 : 네, 그렇죠. 훔쳐야죠….

독자 : 이거 읽고 효과를 본 사람이 한 명이라도 있나요?

먼지 : 음, 이 책이 출간 후 5000부가 넘게 팔렸으니 그중에 효과를 보신 분도 분명 있을 겁니다!

독자 : 그럴까요?

먼지 : 네네, 저자가 유명한 심리학자라서 그쪽으로는 전문가니까요. 조금이라도 도움을 받으실 수 있을 거예요.

독자 : 알겠습니다, 제가 일단 해보고, 효과를 보면 다시 알려드릴게요.

먼지 : 네네, 알겠습니다. 꼭 마음을 훔치시길 바라겠습니다!

오늘도 김먼지는 사투리를 구성지게 쓰던 그 독자님의 후기를 기다립니다.

2부

8년 차
편집자의 품격

"먼지야, 너 여기 입사한 지 얼마나 됐지?"

"음… 3년쯤 됐나요? 아닌가, 4년인가? 5년째 된 건가?"

큰일이다. 누가 내 나이를 물어봐도 대답에 자꾸 버퍼링이 걸리더니만, 근무한 기간도 잘 기억이 안 난다. 손가락을 몇 개 꼽아보다가 그만두었다. 그냥 서점 어플을 열어서 내가 이 회사에서 책임편집한 첫 책을 검색해 출간일을 확인하는 것이 가장 빠르고 정확하다. 시간 가는 건 잘 모르겠고 나이 먹는 건 더 모르겠는데, 기특하게도 내가 만든 책들은 하나하나 기억이 난다. 무심하게 내 손을 거쳐 세상에 나온 책들을 살펴보다가 순간 입이 떡 벌어졌다.

"헐, 선배!"

"왜?"

"그거 알아요? 저 벌써 편집자 8년 차예요!"

대학 졸업 후 첫 직장에서 만든 책이 벌써 8년 전에 나왔다. 으… 기분이 이상하다. 8년차라니, 내가 8년 차라니! 어쩌다 편집자 같은 걸 8년이나 하고 있을까.

'8년 차 편집자'의 이미지를 떠올려보면 그래도 조금은 중후하고, 카리스마도 있고, 결단력과 추진력을 겸비해 근사한 기획을 척척 내밀어 회사를 먹여 살리고, 문예지로 등단을 하거나 이따금씩 강단에 서기도 하고, 남들이 다 아니라고 할 때에도 소신을 굽히지 않는 근사한 인문학적 고집도 있는… 그러니까 한마디로 지금의 나와는 정반대인 셈이다.

나는 8년 차 편집자인데 왜 아직도 이렇게 모험이 두렵고, 귀가 종잇장처럼 얇을까. 8년씩이나 책을 만들었는데 왜 아직도 잘 팔릴 것 같은 좋은 기획에 대한 감이 떨어질까. 왜 아직도 나는 저자랑 통화를 마치면 화장실에 가서 혼자 울다가 나올까. 왜 난 8년째 이렇게 지질하기만 할까. 나는 8년 내내 그냥 나이만 먹고 마침내 '책 짓는 늙은이'가 되어버린 것이다.

그런데 나 같은 게 꼴에 편집자랍시고 이런 책을 내도

되는 걸까. 문득 또 두려움이 몰려왔다. 시중에는 이미 유명하고 큰 규모의 출판사에서 근무하거나 출판사를 운영하고 있는 아주 오랜 경력의 편집자가 쓴 책들이 나와 있다. 국내외에서 인정받는 훌륭한 편집인들의 가치관이나 편집 노하우, 책 쓰기 기술 등을 담은 책도 많이 있다. 그런데 내가 이 책을 써도 되는 걸까? 내가 뭔데? 나는 언제나 최악부터 상상하는 부정적인 인간인데, 이번에도 역시 그 버릇이 도진 것이다.

'초대박 난 베스트셀러를 진행하지도 않았고, 이름만 대면 모두가 알 만한 유명 출판사에 다니지도 않았는데, 이런 내가 편집자 이야기를 책으로 써도 되는 걸까?'

'책을 쓰다 보면 분명 내 업무에 대해서도 쓰게 될 텐데, 혹시 출판 관계자들이 읽고 나를 비난하거나 비웃으면 어쩌지? 나를 막 색출해서 매장시키려 들면 어떡하지?'

'이 책을 읽고 사람들이 출판사에 정나미가 떨어져서 이쪽 업계에 발도 붙이지 않으려고 들면 큰일인데…'

아무도 나에게, 내 글에 관심이 없을지도 모르는데 근거 없는 자신감으로 인해 생기지도 않을 일을 머리 싸매고 고민하기 시작했다. 생각이 꼬리에 꼬리를 물고, 물

고, 물고, 물고, 물었다. 나는 언제나 그랬듯이 혼자 땅을 파고, 파고, 파고, 파고, 파고 내려가서 어두운 곳에 웅크리고 들어앉았다. 우습지만, 이러면 조금 안정이 되는 편이다.

내 경력이 한심하고 창피했다. 그런데 한편으로는 또 신기했다. 이토록 지질한 내가 8년씩이나 한 업계에 머무르며 꾸준히 같은 일을 해왔다는 사실이 어떻게 보면 대단하기도 했다. 뭐야, 이 정도면 완전 전문가 아냐? 생각의 전환은 이토록 짧고 명쾌하다. 나를 땅속으로 들어가게 한 것도, 도로 나오게 한 것도 결국에는 그놈의 '8년'이라는 경력이었다.

예능에도 종종 얼굴을 비추는 유명 작사가 김이나가 출간한 책의 제목은 『김이나의 작사법』이다. 작사라는 것이 수학공식도 아니고 정답이 있을 리 만무하다. 저자는 서문에서 "이 책은 철저히 나의 작사법이다. 작사의 정석도 아니고, 이대로만 하면 기본은 할 수 있다는 정답도 아니다."라고 밝혔다. 이 문장이 나에게도 용기를 주었다.

맞다. 비록 지금 내가 이 모양 이 꼴이지만, 이 모양 이 꼴로 지금까지 잘 버텨왔다면, 잘 살아왔다면, 이것도 나름의 방식 아니겠는가. 이것은 '김먼지의 이야기'니까 말이다. 세상에는 이런 사람도 있고 저런 사람도 있다. 나 같은 편집자도 한 명 정도는 괜찮겠지.

혹시 누가 나더러 뭐라고 하면, 나도 대꾸할 말 하나쯤은 마련해두었다.

"나는 이랬는데 뭐 어쩌라고!"

난 늘 을이야,
맨날 을이야

━━━✓ 우리 출판사에서 책을 내기로 한 저자와는 '출판 계약서'를 쓴다. 저작물을 제공하는 저자는 '갑'이고 출판사는 '을'이다. 출판사에 근무하고 있는 나는 그래서 항상 을이다. 그냥 을도 아니고, '을 of 을' 혹은 甲(갑) 乙 (을) 丙(병) 丁(정) 戊(무) 己(기) 다음에 있는 庚(경) 정도의 위치랄까.

나한테 매달 돈을 주는 회사와의 관계에서는 어쩔 수 없이 을이다. 원고를 주는 저자에게도 납작 엎드릴 수밖에 없다. 하지만 여기서 끝이 아니기에 나는 고달프고 버겁다. 동네북도 내 손바닥보다는 덜 닳았을 것 같다.

편집자인 나는 책을 만드는 데 필요한 모든 이와 소통한다. 대표와 저자 사이에 필요한 소통도 내 몫이고, 저자와 독자 사이에도 내가 있고, 마케터와 디자이너 사이나 디자이너와 인쇄소 실장 사이에도 내가 끼어 있다. 자기들이 알아서 소통하게 하면 편할 것 같지만, 그것도 곤란하다. 시시각각 변하는 모든 사항에 대해 한 사람이 알고 있어야 더 큰 사고를 막을 수 있기 때문이다.

그리고 이 많은 사람들 사이에서도 나는 을이다. 모든 것을 조정하고, 조율하고, 부탁하고, 받아내고, 보내주는 사람이기 때문이다. 그래서 이따금씩 나의 하루는 빌고 또 빌다가 끝나기도 한다. 여기서도 죄송, 저기서도 죄송…. 디자이너가 잘못했더라도, 인쇄소가 잘못했더라도 책임편집자는 나라서 내가 싹싹 빌어야 한다.

"대표님, 작가님이 갑자기 날개에 들어가 있는 프로필 사진을 바꿔달라고 하시는데 어떻게 하죠? 데이터가 이미 넘어갔는데…."

"작가님, 제가 지금 통화를 해봤는데요…. 대표님이 이미 늦었으니 2쇄 때 교체하자고 하시거든요. 죄송해요…. 네? 그럼 약력이라도 추가해달라고요? 그게…."

"과장님, 죄송한데 인쇄 잠시만 멈춰주세요! 표지 수정자가 생겨서…. 제가 데이터 금방 올릴게요!"

"사장님, 표지를 다시 찍게 되어서 종이를 추가로 발주해야 할 것 같아요. 진짜 죄송한데 너무 급해서 그러니 오늘 바로 좀 넣어주실 수 있어요? 정말 죄송해요. 가격은 그때 부탁드린 대로 조금만 더 싸게…."

"실장님, 너무 죄송해요. 작가님이 표지 수정을 요청하셔서…. 이번이 진짜 마지막이에요! 프로필 셋째 줄에 이 단어 좀 추가해주세요!"

"팀장님, 어떡하죠? 인쇄가 늦어져서 출고가 하루 미뤄질 것 같아요. 광고 일정 좀 봐주세요. 정말 죄송해요…."

이렇게 해일 같은 통화를 끝내고 나면 영혼까지 탈탈 털린 기분이다. 간신히 마감을 해도 홀가분하다기보다는 그냥 질려버린다. 그리고 곧 서글퍼진다. 신세 한탄이 저절로 나온다. 난 뭘 그렇게 잘못해서 이렇게 손이 발이 되도록 빌어야 할까. 이 정도면 정말 감정노동자 아닌가? 컨디션에 따라 와락 눈물이 고이기도 한다. 하지만 어쩌겠는가, 나는 영원한 을인 것을.

줄을 서시오

▰▰▰◢ 본업은 편집자, 부업은 감정노동자인 김먼지에게 가장 위협적인 인물은 뭐니 뭐니 해도 '저자'다. 출판사에 좋은 글을 제공해주시는 정말 감사한 은인인 동시에, 편집자에게는 떼를 쓰는 어린아이와도 같은 존재랄까. 저자의 채널은 편집자에게 고정되어 있기 때문에 당연히 모든 질문이나 요청, 불만 사항을 접수받는 것도 나다. 그러다 보니 정말 다양한 유형의 저자와 소통을 하고, 때로는 통신 오류가 나기도 한다. 그리고 결국 나는 방전이 되기 일쑤다.

출판사가 안정적으로 돌아가려면 올 한 해 출간될 도서 리스트를 작년에 이미 작성해두어야 한다. 그 일정들을 소화하는 동시에 내년도의 출간 리스트도 채워가야 하기 때문에 기획과 계약을 쉬어서는 안 된다. 매달 꾸준히 책을 만들어야 일정한 매출이 생기며, 무작정 많이 만들려고 하면 제작비나 마케팅비를 감당하기 어렵기 때문에 균형을 잘 잡을 필요가 있다. 다시 말해, 출판사가 매달 혹은 해마다 출간할 수 있는 도서의 종수는 한정적이며, 현재 제작을 진행하고 있는 원고의 경우약 6~12개월 전에 계약하고 준비된 것이 대부분이라는 뜻이다.

물론 예외는 있다. 트렌드에 민감한 책일 경우다. 페미니즘 책이 잘 나가고 있는 시기에 페미니즘 원고를 받았다면, 어떻게든 현재의 작업을 미루고 지금 당장 작업에 착수해야 한다. 물 들어올 때 노를 저어야 하는 책이분명히 있기 때문이다. 또한 분야 특성에 따라 시기가이리저리 옮겨지기도 한다. 여행서의 성수기는 방학 시즌, 자기계발서의 성수기는 연말 연초, 어린이 학습서는개학 전후 등등…. 그 시기에 출간해야 특수를 노릴 수있는 원고라면 가급적 출간 일정을 조정해 맞추려고 애쓴다.

하지만 안타깝게도 저자들은 이런 상황까지 이해해주지 않는다. 아무리 말을 해도 귀를 막고 듣지 않는 것같다. 특히 책 출간이 처음인 저자의 경우, 계약을 하고

완전원고까지 출판사에 보냈는데 왜 이 책이 당장 다음 달에 나오지 않는지가 의문인 것이다. 자기랑 같이 책을 준비하던 사람은 진즉에 벌써 책이 나왔다며 조급해한다. 계약 당시 출간 시기에 대해 협의한 것은 까맣게 잊어버리고, 당장 내 책부터 뚝딱 만들어내라고 아우성이다. 당장 작업에 들어가도 3개월 이상이 걸리는데, 심지어 당장 들어갈 순번도 아닌데.

한 해에 약 15종의 책을 책임편집하고 있는 나의 경우, 1년간 관리하고 소통해야 하는 저자가 도합 30명가량 되는 셈이다. 내년을 준비해야 하니 말이다. 저자 외에도 외주로 진행되는 교정자, 디자이너, 삽화가 등이 각각 있으니 그 규모가 대강 짐작이 갈 것이다. 내 몸은 하나인데 챙겨야 하고 확인해야 하고 설득해야 하는 사람은 너무 많다.

"에디터님, 잘 지내시죠? 제 책은 언제쯤 나오나요?"

"제 책은 어디까지 진행되었나요? 저는 이제 뭘 하면 되나요?"

"다들 책 언제 나오느냐고 빨리 사고 싶다고 야단이 났더라고요, 제가 뭐라고 말해야 하나, 허허허."

이런 전화를 받을 때마다 나는 퍽 난감하다.

"아, 작가님! 잘 지내셨어요? 작가님 원고는 내년 3월 출간하기로 하셨기 때문에 지금은 아무것도 안 하고 있어요. 지금 당장 나올 책 작업하기도 바빠서요! 헤헷."

이렇게 솔직히 말할 수도 없는 노릇이다. 아직 시장을 분석하고 있다거나 외주자가 교정 교열을 하고 있다거나 하는 식으로 대강 둘러대고 안심시키는 것이 나의 주업무 중 하나다. 기분 상하시지 않게 상냥한 말투(솔 혹은 라 톤을 유지하는 것이 좋다.)로 생글생글 웃으며 응대하지만, 전화를 끊고 나면 한숨이 절로 나온다.

혹시 이 책을 읽는 독자 중에 저자가 계시다면 부디 알아주면 좋겠다. 자신의 책 한 권이 소중한 만큼 나에겐 우리 출판사에서 나올, 판권에 달랑달랑 내 이름을 달고 나올, 그 모든 책이 다 소중하다는 사실을. 또한 모든 책엔 순서가 있고 과정이 있다는 사실을.

연중무휴
24시 고객센터

■■■■ 오전에 어린이 그림책을 마감했다. 간신히 한숨을 돌리고 오늘 하루의 남은 시간에는 비교적 시간이 많이 필요하지 않은 데이터 정리와 지출결의서 정리, 보도자료 초안 작성을 할 작정이었다. 그리고 그 전에, 마감도 했으니 오늘 점심시간에는 특별히 디자이너와 함께 근처 파스타집에 갔다.

모처럼 여유를 부리려는데 전화가 온다. 점심시간에 누가 매너 없게 전화인가 싶었지만 발신인을 확인하고서는 전화를 받을 수밖에 없다.

"네, 작가님! 안녕하셨어요?"

"지난번에 말씀하신 프로필 자료 보냈는데 이렇게 보내면 되는지 지금 메일 확인해주세요!"

"네, 알겠습니다. 제가 지금 점심 먹고 있는 중이라서요, 들어가면 확인할게요!"

20분 뒤, 점심을 먹고 커피 한잔하려는데 다시 진동이 울린다. 방금 그 작가님.

"메일 받으셨어요? 수신확인이 안 되어서, 혹시 안 갔나 하고요."

흑흑, 내 유일한 낙인 쿼드샷 아이스라테를 생략하고 부랴부랴 들어가서 메일을 열고 자료를 출력한다. 열심히 준비해 보내준 자료니까 나도 열정적으로 피드백을 해야지. 그런데 2페이지도 채 읽기 전에 이번에는 다른 작가님 전화.

"에디터님, 제 책에 추천사 쓰실 분은 누구로 정하셨어요?"

"아, 네! 말씀드린 대로 제가 내일 전체회의 시간에 마케팅 팀장님이랑 협의하고 피드백 드릴 거예요! 하루만 기다려주세요."

분명히 어제 한 얘기를 다시 한 번 반복하는 건 사실 어려운 일은 아니다. 하지만 조금의 짜증을 불러일으키고, 마음이 지치기엔 충분한 일이다. 아이고, 이 와중에 또 전화가 오네….

"어머, 작가님. 잘 지내셨어요? 퇴원은 하셨어요?"

"네, 그런데 에디터님. 제가 원고를 안 드리는데 왜 전화도 안 해요?"

"네? 어, 그게… 입원하셨다기에 재촉을 할 상황이 아니라고 생각했어요…."

"나한테 너무 관심이 없는 것 같아서 좀 서운하네요. 이 원고 늦어지면 다 자기 탓이야, 알지?"

"네, 제가 생각이 짧았어요. 죄송해요. 이제부터 두 배로 쪼아드릴게요!" (그리고 이 작가님은 그 뒤로도 약 반 년 동안 원고를 주지 않으셨다고 한다. 이래도 내 탓입니까? 네???)

답답하고 막막한 전화를 하다 보니까 벌써 회의 들어갈 시간이 되었다. 회의 자료도 제대로 못 만들었는데 정말 엉망진창이다. 회의를 하는 중에도 카톡이 자꾸만 쌓인다. 몇 통의 전화를 받고, 몇 통의 메일을 쓰고, 몇 번의 회의를 하고 나면 7시가 훌쩍 넘는다. 그런데 아직 진짜 해야 할 내 일들은 시작도 못 했다….

결국 모두가 퇴근한 빈 사무실에서야 오늘 하려던 일들을 처리한다. 전화만 안 와도, 손님만 안 와도, 팀장님이 나를 부르지만 않아도 한결 집중하기 쉽다. 창밖은 깜깜해지고, 멀리서 홍대의 불금을 즐기러 찾아온 불나방

들의 함성이 들리는 것 같다. 맞다, 오늘 금요일이구나.

야근을 끝내고 너덜너덜해진 몸을 막차에 실었다. 그래도 내일은 주말이니 쉴 수 있다. 마감도 끝나서 마음도 편하다. 지하철에 자리가 많을 줄 알았는데, 다들 불금이라 늦게 돌아가는지 딱히 빈자리도 보이지 않는다. 덜컹덜컹 흔들리는 지하철 기둥에 무게중심을 잔뜩 싣고 흐느적거리는데, 이런 제기랄! 또 전화, 전화, 그놈의 전화….

"네, 여보세요."

이런 시간이 되면 나도 사람인지라 더 이상 솔이나 라톤의 목소리가 나오지 않는다.

"에디터님? 책 잘 받았어요. 색감이 그렇게 맘에 들진 않네요. 어쨌든 고생했어요. 그리고 초판 인세는 어떻게 되는 거죠? 입금 언제 해주기로 했더라?"

"아… 그게, 입금일은 계약서에 명시되어 있는데 제가 지금 지하철 안이라서요. 월요일에 출근해서 계약서 확인하고 정확하게 알려드릴게요."

"네, 제가 통장 알림이 안 와서요. 빨리 좀 확인해주세요. 그럼 주말 잘 보내요."

인쇄 감리를 같이 가서 보셨는데 갑자기 왜 색감이 별

로라고 하시는 거예요. 계약서는 같은 것을 두 통 작성해서 출판사가 하나, 작가님이 하나 갖잖아요. 그럼 작가님이 가지고 계신 계약서 보시면 되잖아요. 통장은 본인 것이니까 직접 확인하시면 되잖아요. 알림을 받고 싶으면 신청하시면 되잖아요. 오늘이 금요일 밤인 건 알고 계시네요. 이제 주말인 건 알고 계셨군요….

밥을 먹을 때에도 전화를 받고, 잠들기 전에도 메일을 받는다. 오늘은 금요일이지만, 실은 나는 주말인 내일도 모레도 전화를 받는다. 연중무휴 24시 고객센터 같은 거다. 그리고 전화 한 통을 받을 때마다, 문자 한 통을 받을 때마다 처리해야 하는 포스트잇이 늘어난다. 벅차고 버겁다. 다른 편집자들은 어떻게 저자 관리를 하고 있을까. 스트레스 온도계가 갑자기 급격하게 올라 펑! 터지는 기분이다. 이쯤 되니 책이 싫어질 지경이다. 사실 책은 아무 잘못 없는데. 그냥 사람이, 마음이, 상황이, 시간이 나쁜 것뿐인데.

울 일도 아닌데 울음이 잔뜩 올라오는 짜증 나는 퇴근길. 종지부를 찍는 카톡이 하나 왔다. 오늘 낮에 계약서에 도장을 찍고 돌아가신 작가님이다.

김먼지 에디터님, 불금 보내고 계신가요? 오늘 좋은 출판사랑 계약해서 너무 감사하고 행복했습니다♡ 에디터님 믿고 열심히 해볼게요! 주말 잘 보내시고, 이건 약소하지만 커피 기프티콘이니까 시원하게 드세요!

하… 울 일도 아닌데 결국 울음이 터졌다. 세상 사람들은 다 착한데 나 혼자만 이기적이고 나약하고 못된 것 같다. 속상해, 너무 속상해.

안녕하세요, ○○○ 선생님. 주말은 잘 보내셨는지요? 늘 바르고 꼼꼼한 번역으로 좋은 책을 만들 수 있도록 도와주셔서 정말 감사합니다.

최근 작업해주신 『김먼지의 기분』은 오늘 인쇄에 들어갔답니다. 다음 주에는 실물 도서를 보내드릴 수 있을 것 같습니다.

지난 금요일 통화 후에 곧장 경리 실장님께 지급을 확인해달라고 말씀드렸습니다. 아무래도 번역료가 여러 건 걸려 있다 보니 그중에 누락이 발생한 것 같다고 하셨습니다. 한 번도 아니고 벌써 여러 차례 같은 실수로 언짢게 해드려 정말 죄송합니다. 저희가 인력이 부족하다 보니 한 사람이 많은 일을 동시에 진행하고 있어 간혹 이런 상황이 발생합니다. 담당 에디터인 제가 책임지고 챙겼어야 했는데, 저마저도 편집 일에 집중하느라 결제 날짜를 제대로 확인하지 못했습니다. 진심으로 사과드립니다.

늘 친절하신 선생님께서 그렇게 노여운 목소리로 전화를 하실 정도라면 정말 그동안 얼마나 많이 참으셨을지, 속이 상하셨을지 짐작이 갑니다. 무조건 제 실수고 불찰입니다. 죄송합니다. 부디 마음을 풀어주시고 앞으로도 돈독한 관계를 유지할 수 있도록 제가 최선을 다하겠습니다. 돌아오는 결제일에는 틀림없이 지급이 되도록 제가 두 번 세 번 체크하고 알려드리겠습니다. 다른 것도 아니고 이런 일로 불쾌한 경험을 하게 해드려서 정말 죄송합니다.

제가 지금 하고 있는 마감이 끝나면 시원한 아메리카노 들고 찾아뵙겠습니다. 염치없지만, 앞으로도 잘 부탁드리겠습니다. 고맙습니다.

△△출판사 김먼지 드림

편집자의
직업병

■■■■✔ 편집자의 직업병이라고 하면 대부분 틀린 맞춤법 앞에 괴로워하는 '교정 강박증'을 떠올릴 것이다. 당연히 빼놓을 순 없다. 세상 어디에 가도 잘못된 글자와 문장이 존재하기 때문에. 이를테면 점심을 먹으러 들어간 기사식당 메뉴판을 당당하게 차지하고 있는 '김치찌게'라든가, 음식점 홍보 전단지 구석에서 음흉하게 웃고 있는 '세우튀김' 같은 것.

나에게도 오탈자에 목을 매던 시절이 있었다. 그런 메뉴판을 보면 식당 사장님께 알려야 하나, 포스트잇이라도 붙여놓아야 하나 안절부절못하며 그 오자를 어떻게든 바로잡고 싶어 유난을 떨었더랬다. 물론 지금은 그런 오지랖 같은 건 부리지 않는다. '찌개'를 '찌게'라고 써도 세상은 잘 돌아가고, '새우'를 '세우'라고 표기해도 장사는 잘된다. 김치찌게도 세우튀김도 맛있으면 그만이니까.

그런데 오히려 주위 사람들이 내 앞에서 긴장하고 난리다. 특히 메신저로 대화할 때면 괜히 내 눈치를 보느라 말 한마디도 섣불리 못하는 지인들이 종종 있다.

먼지 : 야, 우리 이따 뭐 먹을까?
친구 : 오늘은 웬지 닭발이 땡겨! 웬지? 왠지? 뭐가 맞냐? '땡겨'는 표준어 맞냐? 아~ 신경 쓰여!!!
먼지 : ^^; 닭발이나 먹자~

하핫, 난 사실 아무 말도 안했는데…. 퍽 난감하다. '왜 그런지 모르게'라는 뜻으로 쓸 때는 '왜인지'가 줄어든 '왠지'를 쓰고, 어떻게 된 영문인지를 물을 때에는 '웬'을 사용하므로, 방금 네가 쓴 '웬지'는 틀렸다고 콕 찝어 말해주기도 좀 그렇다. 사전에 정식으로 등재되어 있는 단어는 '땡기다'가 아니라 '당기다'나 '댕기다' 혹은 '땅기다'라는 사실을 일일이 설명할 필요는 없지 않은가.

틀린 단어를 사용한다고 해서 내가 그를 무시할리도 만무하다. 왜냐하면 나도 잘 모르거든. 내가 뭐 얼마나 잘났다고 남을 무시하겠는가. 나도 교정 볼 때는 항상 모니터에 국립국어원의 '표준국어대사전' 창을 띄워놓고 쉴 새 없이 검색을 한다. 누군가 나한테 맞춤법을 물어보면 마치 아주 능숙한 듯 대답해주지만, 실은 다 검색해서 알려주는 것이다.

바르고 고운 말과 글을 사용하는 사람이 훨씬 교양 있어 보이는 건 사실이지만, 굳이 편집자 앞이라고 벌벌 떨지 않았으면 좋겠다. 오탈자 검열은 책만으로도 충분하고, 언어의 기본 역할은 뜻을 통하게 하는 것이 첫째라고 생각한다. 심지어 나도 일상에서는 어마어마하게 대충 말하고 쓴다. 편집자가 대순가, 바빠 죽겠는데.

실장님ㅁ~ 종이 들어갔나여? ㅃㅏ릴ㅃㄹ리빨리빨리
대펴님 이거 빨리 확인해주샤야 마감햅니다

편집자가 되어서 저따위로 언어를 파괴한다고 비난해도 진짜 어쩔 수 없다. 생존형 언어니까.

아무튼, 교정 강박증 외에도 내가 앓고 있는 직업병이 하나 더 있다. 바로 '책이 싫어증'이다. 이건 편집자에겐 정말 치명적인 병이 아닐 수 없다. 책을 만드는 사람이 책을 싫어하다니! 처음부터 이랬던 건 아니다. 어릴 때부터 취미는 독서였고, 심지어 어느 정도 속독이 되는 까닭에 '1일 1독'도 가능했다. 책을 좋아할 뿐만 아니라 '읽는 것' 자체를 좋아해서 약을 사면 동봉되어 있는 약의 효능 따위를 세세하게 정독하곤 했다. 어쩌다 대중교통을 타고 오랜 시간 이동해야 할 일이 생기면 일부러 버스 대신 지하철을 택했다. 흔들림이 덜해서 책 읽기에 더 좋았기 때문이다.

하지만 지금은 한 시간가량 걸리는 출퇴근길에서 절대로 책을 펴지 않는다. 온종일 들여다보고 온 것이 책이고, 내일 또 파묻혀야 되는 것이 책이라고 생각하니 그만 질려버리는 것이다. 그래도 일말의 양심 같은 것은 있어서 가방에는 언제나 두어 권의 책이 들어 있지만, 좀처럼 손이 가지 않는다. 어쩌다 우연히 손에 잡혀도 3초 정도 망설이다가 "에잇" 하고 놓아버린 뒤 스마트폰으로 영상이나 '봐버린다.' 좋아하는 것은 업으로 삼으면 안 된다고들 하던데, 그 말에 정말 200퍼센트 공감한다. 책이 좋아서 책 사이에서 일을 하게 되었는데 결국 그 책 사이에 끼어 납작한 책갈피의 기분이 되어버렸으니 말이다.

서점에 가도 이 직업병이 도지기는 마찬가지다. 책을

좋아하던 소녀에게 서점은 언제나 꿈과 희망이 가득한 놀이터였는데, 이젠 지긋지긋한 일터에 불과하다. 소설 코너에서 재미있어 보이는 책을 한 권 고른 뒤 그 자리에 철퍼덕 앉아 몇 시간이고 읽어 내려가던 시절이 마치 먼 옛일처럼 느껴진다. 지금은 서점에 가면 베스트셀러부터 둘러본다. 음, 오늘도 여전히 이런 책들뿐이군. 그런 다음엔 우리 출판사 책이 잘 깔려 있는지 확인한다. 혹시 뒤집혀 있거나 잘 보이지 않는 곳에 있다면 살며시 매만지기도 한다. 은밀한 작업이 끝나면 관심도 없던 부동산 투자 코너에도 가보고, 나와는 영 거리가 멀지만 아나운서들의 대화법 책이나 인기 유튜버의 노하우가 담긴 실용서도 본다. 요즘 잘나가는 책이 어떤 건지, 표지 디자인은 누가 했는지, 몇 쇄나 찍었는지 들여다본다. 책을 읽는 게 아니라 '보러' 간다. 경쟁 상품을 파악하고, 우리 상품이 잘 진열되어 있는지 살피러 간다.

이래선 안 되겠다 싶어 큰맘 먹고 휴일에 시간을 내어 서점을 찾았다. 때마침 고등학교 때부터 좋아하던 소설가의 신간이 나왔다. 이게 얼마만의 진짜 독서인가! 만족스러운 마음으로 책을 펼치고 저자의 말부터 읽는다. 잠깐, 이 소제목은 폰트가 뭐지? 다음 달에 마감할 에세이 본문에 쓰면 좋을 것 같다. 사진 찍어서 디자이너한테 한번 보여줘야지. 어라, 이 종이는 처음 보는 종류인데 수입지인가? 지업사 사장님한테 물어봐야겠다.

존경하는
국립국어원 여러분

━━━▰ 기왕 오탈자 얘기가 나와서 말인데, 여기에 대해서는 한 꼭지를 더 할애해서라도 하고 싶은 이야기가 아주 많다.

학창 시절부터 국어 성적만큼은 자신 있었고, 국어국문학을 전공까지 한 내 기준으로도 한국어의 문법은 아주, 매우, 무척 어려운 편이다. 체언이 어떻고 어간과 어미가 어떻고 등의 원리를 다 이해하기도 방대할 뿐만 아니라, 모두 이해한다고 해도 예외의 경우가 너무 많다. 재미도 없다. 대학 때 시간표를 짤 때도 '어학' 수업은 필수과목 하나만 듣고 나머지는 몽땅 '문학' 수업으로 채웠다. 난 그저 어릴 때부터 책을 많이 읽어 자연스럽게 어떤 단어가 맞는지를 알게 된 것이지, 모든 단어를 일일이 쪼개어 분석하며 터득한 게 아니었다.

일을 하면서 가장 날 힘들게 하는 것은 바로 '띄어쓰기'다. 미친 듯이 어려운 건 사실 아닌데 진짜 너무 헷갈리고 애매하다. 이미 아버지 가방에 들어가시는 문제를 넘어서 '찾아보다'는 붙이고 '가 보다'는 띄우는 지점이다. '멀리멀리'는 붙이고 '멀리 멀리서'는 띄운다. '며칠간에'는 붙이고 '친구 간에'는 띄운다. 미치겠다.

어디는 띄우는데 또 어디는 붙여야 하고, 어떤 건 붙여도 그만 안 붙여도 그만이란다. 그렇다고 아무렇게나 할 수도 없는 노릇이고, 전부 통일을 시켜야 하는 게 영 쉽지 않다. 편집자는 선택해야 한다. 어떻게 통일을 할지, 어디까지 허용할지, 얼마만큼을 띄우고 얼마만큼을 붙일지. 그래서 교정을 보다 보면 초반부에선 '그래, 여긴 띄어야겠다.' 싶다가도 막상 중반쯤 가면 '아이, 자꾸 나오네. 그럼 붙이는 게 나을 것 같군.' 하다가 마지막에 가면 '아, 이거 어쩌기로 했었지?' 하는 순간이 정말 많다. 내 나쁜 머리 탓이긴 하지만.

띄어쓰기의 굴레에서 어찌어찌 노력하여 간신히 벗어나면 이번에는 '맞춤법' 지옥이 기다리고 있다. 맞춤법은 사실 사전을 끊임없이 검색해보면 된다. '표준국어대사전'이나 급할 땐 그냥 '네이버'에서도 정확하게 찾을 수 있다. 매번 헷갈리는 단어나 띄어쓰기도 몇 차례 검색을 통해 정확하게 외우고 나면 그다음부터는 굳이 찾지 않아도 된다. 하지만 문제는 국립국어원이 끊임없이 맞춤법을 개정한다는 것이다. 끄앙!

우리말은 참으로 실용적이며 유동적이다. 사용자의 편의에 맞추어 계속해서 발전하고 변화한다. 해마다 개정하는 것도 아니고, 무려 분기마다 맞춤법을 개정하고 있다. 그래서 맞춤법에 민감해야 하는 나 같은 사람은 정말 돌아버릴 지경이다! 언제는 잘못된 표현이라더니 이제와 올바른 표현으로 바뀌었다고 한다. 신조어나 줄임말이 갑자기 표준어가 되고, 띄어쓰기가 갑자기 허용되고, 외래어 표기법이 갑자기 바뀌고….

표준어 개정은 일반인들에게는 그다지 큰 관심을 받지 못하는 분야지만, 그나마 널리 알려진 사례가 바로 '짜장면'일 것이다. 예전엔 '짜장면'이 틀린 말이었다. 어쩌다 중국집 메뉴판에서 '짜장면'이 발견되면 나는 교정 강박증이 도져서 손톱을 잘근잘근 씹어야 했다. 하지만 2011년부터 '짜장면'은 '자장면'과 함께 당당하게 사전에 올랐고 내 손톱도 안전해졌다. 대중이 많이 사용하는 말이어서 자격을 얻은 것이다.

짜장면에겐 자격이 있지만, 분기마다 열심히 일하는 국립국어원을 욕할 자격 같은 건 내게 없다. 심지어 시대의 흐름도 매우 잘 반영하고 있고, 트렌드에도 뒤처지지 않도록 발을 맞추며 고생하고 있으니 말이다. 이를테면, 과거에는 표준국어대사전에서 '애인'을 검색하면 '이성 간에 사랑하는 사람'이라고 안내했다. 하지만 시대가 달라지지 않았는가. 지금은 '서로 애정을 나누며 마음속 깊이 사랑하는 사람'이라고 기록되어 있다. 성소수자를 배려하고 차별적 요소를 제거하고자 하는 깊고 따뜻한 마음씨가 틀림없다.

어쨌거나 상황이 이렇다 보니 시시각각 변하는 띄어쓰기나 맞춤법을 제대로 숙지하고 있지 않으면 교정을 잘못 보는 일도 생긴다. 실은 내게도 이런 일이 있었다.

"여보세요? 편집자님, 표지에 오타가 있는 것 같아요."

"네? 작가님, 어디 말씀이세요?"

"카피에 '신 나는 역사 여행'이라고 있잖아요. '신 나는'을 붙여야 할 것 같아요."

"아, 그거 다들 '신나다'를 한 단어로 알고 있는데 사실 표준국어대사전에는 '신나다'가 없어요. 그래서 띄어 쓰는 것이 맞습니다!"

"음… 한 번 더 알아보시는 게 좋겠네요."

전화를 끊고 찝찝한 마음에 검색을 했다. 아뿔싸! 그 일이 있기 불과 한 달 전에 국립국어원이 '신나다'를 표준어로 인정해버린 것이다! 으악, 쪽팔려…. 나는 창피함을 무릅쓰고 다시 전화를 걸어 작가님께 빌고 또 빌었다. 흐아, 이건 무조건 제때 확인하지 않은 내 잘못이다. 하지만 그땐 마냥 국립국어원이 너무 밉고 원망스러웠다. 그날 퇴근길에 동료에게 하소연하며 나는 이런 꼬장을 부렸던 것 같다.

"그놈의 국립국어원은 왜 이렇게 개정을 자주 하는 거야? 나한테 묻지도 않고 말야. 앞으로 할 거면 꼭 내 허락 받고 했으면 좋겠어! 이러다 책 몽땅 다시 찍으면 걔네가 책임진대? 아니잖아, 우씨!"

물론 어림도 없는 소리다. 감히 누구한테 책임을 묻는가. 책임편집자는 난데. 다 내 탓이다, 내 탓….

차례의 여왕을
조심하세요

김먼지의 별명은 '차례의 여왕'이다. 비슷한 이름의 카레 상표에서 따온 것이다. 차례는 책의 구성과 소제목 쪽수, 순서 등을 한눈에 보여주는 부분이다. 어찌 보면 제목과 표지 다음으로 중요한 역할을 하는 것이 차례다. 차례를 훑어보면 책을 읽지 않아도 대강 어떤 내용인지 알 수 있기 때문이다. 따라서 편집자는 이 책을 잘 팔기 위해 차례, 즉 소제목을 매력적으로 만들어야 한다. 그리고 내 별명이 '차례의 여왕'이 된 까닭은 차례에 나오는 소제목들을 기가 막히게 바꾼다고 칭찬을 받았기 때문이다.

한번은 같이 작업하던 친한 디자이너에게 이런 전화를 받은 적이 있다.

"먼지 씨, 이거 좀 심한 거 아냐?"

"응? 뭐가요?"

"나 지금 차례 디자인 하다가 깜짝 놀랐어. 이 책 원래 이런 분위기 아니었잖아, 어쩜 이렇게 읽고 싶게 만들었어? 이 정도면 완전 사기 아니야?"

특히 자기계발서나 경제경영서에 직관적인 소제목을 넣는 편인데, 원래 원고에 '말을 잘하는 방법'이라는 소제목이 있었다면, 나는 '청중을 사로잡는 매력적인 화법 3가지'라는 식으로 바꾸는 것이다.

출판사 입장에선 유능한 직원이지만, 독자에겐 사기꾼 맞다. 그래, 편집자는 다 사기꾼이다. 내가 특별히 뛰어난 게 아니다. 편집자의 역할이 원래 그런 것이다. 원고가 처음 지녔던 매력보다 서너 배는 더 반짝이도록 제목과 소제목을 다듬는다. 표지에 들어가는 카피나 언론에 뿌리는 보도자료에도 블록버스터 급 홍보 문구를 쫙 깔아놓는다. 그렇다고 없는 이야기를 지어내면 안 되니까, 교묘하고 은근하게 걸쳐 있도록 한다. 그게 차례의 여왕이 되는 기술이다.

그러니 독자들은 부디 사기꾼에게 잘못 걸리지 않도록 조심할 것. 제목이나 차례만 보고 샀다가 자칫 실망할 수도 있으니 말이다.

지긋지긋한
책태기

▰▰▱ '책이 싫어증'에 이어 소개할 편집자의 질병 '책태기'는 사실 편집자가 아닌 일반 독자들이 주로 사용하는 단어인데, 독서를 자주 하던 사람이 괜히 책을 멀리하게 되는 현상을 가리킨다. 그런데 편집자인 내게 찾아온 책태기는 조금 다르다. 독서에 권태를 느끼는 것이 아니라, 책을 만드는 것 자체에 권태를 느끼게 된 것이다. 이는 '책이 싫어증'과는 조금 맥락이 다른데, 비교하기 쉽게 표로 정리해보았다.

책이 싫어증	책태기
너무 책을 열심히 만드는 바람에 질려버려서 여가 시간에는 책을 거들떠보기도 싫다. 책은 더 이상 쉼의 도구가 아니라서 개인적 취향의 독서 및 대형 서점을 멀리하게 된다.	출판이 다 거기서 거기지 하는 마음이 들고 책을 만드는 일이 지루해진다. 그냥 주어진 일이라 간신히 하는 것뿐. 특별한 열의 없이 그저 평소 따르던 루틴대로 형식적인 편집과 제작을 한다.

고로 책태기란 편집자에게 정말 위험한 시기라 할 수 있다. 일정에 이리저리 치여 하도 책을 '만들어제끼다' 보니, 지루함과 동시에 무력감이 들고 이 업계, 내 직업에 관한 진지한 고찰도 하게 된다. 내가 지금 뭐하고 있는 건가, 이게 맞는 건가.

당시 내 책태기 원인은 '시리즈'에 있었다. 편집팀 인력을 충원하면서 부서 이동으로 어린이 학습 시리즈를 담당하게 된 것인데, 처음엔 그렇게 반가울 수가 없었다. 이미 있는 시리즈를 계속 추가하는 작업이었기에 비교적 어려운 업무가 없었다. 작가나 삽화가 라인업이 이미 구축되어 있었고, 다음에 나올 아이템으로 집필도 진행 중이었다. 교과과정에 맞춘 주제도 잡혀 있으니 새로 기획을 할 필요도 없었다. 표지도 같은 스타일로 소제목만 바꾸면 되어 책 제목이나 디자인에 대한 큰 고민도, 모든 멤버가 여러 번 호흡을 맞춘 사람들이라 속 썩을 일도 없었다. 자연스럽게 야근도 줄었고 심리적 안정도 되찾았다.

행복했다. 당시엔 저 생각이 나를 끝없는 늪으로 끌고 들어가리라곤 생각하지 못했다. 일정이 여유로우니 일을 천천히 하게 되었고, 남는 시간에는 큰 압박 없이 인터넷 쇼핑도 했다. 퇴근이 빨라지니 그동안 미루던 친구들과의 만남도 가질 수 있었고, 전엔 꿈도 못 꾸던 달콤한 평일 야간 데이트도 즐겼다. 약속이 없는 날엔 드라마나 예능 프로그램도 시청했다. 캬! 정말 꿈만 같은 나날이었다.

그런데 이상한 일이었다. 행복하긴 한데 괜히 회사에 가기가 싫었다. 나는 정말 야박한 액수의 돈을 받으면서도 야심한 밤까지 열정적으로 일하던 사람이었는데, 지금은 굉장히 만족스러운 업무 환경임에도 불구하고 어쩐지 출근길이 상쾌하지 않은 것이다. 재미가 없었기 때문이다. 책 만드는 게 지루했다. 언제부터인가 요즘 트렌드가 무엇인지 서칭도 하지 않았고, 어떤 기획이 좋을지 시장조사를 나가본 지도 오래되었다. 마케팅을 어떻게 할지도 특별히 고민하지 않았다. 내가 아무것도 하지 않아도 책은 착착 만들어져 차곡차곡 쌓여갔다.

'내가 지금 뭐하고 있는 거지?'

도태되고 있는 기분이 들었다. 책을 꾸준히 만들고 있는데도 감이 떨어지는 것 같았다. 갈증이 생겼다. 새로운 기획이 하고 싶었고, 색다른 편집이 하고 싶었고, 밤새 고민도 하고 싶었다.

그리하여 나의 위험한 책태기는 6개월 이상 지속되다가 마침내 종지부를 찍었는데, 결국 '이직'이라는 극단적인 결말을 맞았다. 단지 지루하다는 까닭에 회사를 무작정 나와버린 것은 아니지만, 다른 기회가 찾아왔을 때 고민하는 시간을 줄여준 것은 사실이다.

공교롭게도 이직한 곳은 대형 출판사에서 근무하던 분이 독립해 새로 차린, 구축되어 있는 시리즈는커녕 제대로 갖추어진 것이 1도 없는 1인 출판사였다. 상황이 180도 달라졌다. 안정적인 출간 예정 리스트를 만들기 위해 날마다 새로운 기획을 해야 했고, 인력이 없다 보니 허드렛일부터 저자 섭외와 미팅, 제작 발주와 마케팅까지 몽땅 내 차지가 되었다. 출판사의 관행과 다름없는 지옥 같은 야근이 다시 시작되었고, 일상생활이 불가능할 정도로 빡빡한 일정을 소화해야 했다. 데이트나 약속은 사치가 되었고, 요즘 드라마 제목조차 기억하지 못하는 처지가 됐다.

그래도 책태기는 극복했으니 행복했겠다고? 솔직히 그렇진 않았다. 당시 가장 많이 한 생각은 이것이었다.

(분노에 차서) "이놈의 출판업계엔 왜 중간이 없냐!"

지극히 사적인

'책이 싫어증'을 앓느라 한동안 책도 들여다보지 않던 나를 다시 가슴 뛰게 만든 사건이 있었다. 업무시간에 계약서를 보내러 우체국에 갔다가 다시 사무실로 복귀하던 어느 오후. 모처럼 날이 좋아서 땡땡이 느낌으로 조금만 산책을 하다 들어가기로 했다. 그러다 연남동에 있는 자그마한 서점에까지 우연히 발길이 닿았다. 노란 불빛이 예쁘고 아늑했다. 이렇게 작은 규모의 서점은 정말 오랜만이었다. 책장에는 대형 서점에서 볼 수 있는 책들도 꽂혀 있었지만, 정작 그날 내 지갑을 열게 한 것은 바로 '독립서적'이었다.

앞서 잠시 언급한 바와 같이, 독립출판물은 출판사처럼 기업이 출간한 것이 아니라 개인이 직접 만들어 유통하는 책이다. 물론 요즘에는 일반출판물과 독립출판물의 경계가 점차 모호해지고 있는 추세라고 한다. 심지어 '독립출판사'라는 것도 있고, 개인이 출판신고를 한 상태에서 독립출판을 하기도 한다.

출판사에서 책을 내려면 저자 입장에선 아무래도 이래저래 간섭을 받을 수밖에 없다. 출판사의 목적은 어쨌든 잘 팔리는 책을 만드는 것이기 때문에 트렌드에 따라 제목이나 구성, 디자인, 출간 시기 등을 적극적으로 조율하고 수정한다. 판매가 좋다는 것은 저자에게도 좋은 일이지만, 처음 자신이 만들고자 했던 책과 방향이나 모양이 전혀 달라진다면 서운하긴 할 것이다. 독립출판은 자신이 글도 쓰고, 가능하다면 디자인도 직접 하고, 인쇄소에 가서 인쇄를 하고, 직접 작은 서점에 유통까지 하기 때문에 뭐든 마음대로 할 수 있다. 물론 할 일이 아주 많아 번거롭겠지만, 그만큼 책에 대한 애착도 커지겠지.

그날 처음 만난 독립출판물들은 내게 신선한 충격을 주었다. 하나가 대박이 나면 그대로 주르륵 따라 찍어내는 천편일률적인 대형서점 책들만 보다가, 소재도 모양도 제각각인 독립서적을 보니 심장이 두근두근 뛰었다. 저자가 직접 출력하고 오려서 실로 제본까지 해 만든 손

바닥보다 작은 책도 있었고, 남들에게 차마 고백할 수 없었던 우울증 환자의 치료 일기도 있었다. 구입하면 저자가 직접 고른 향수를 뿌려준다는 책도 있었고, 건물 청소를 업으로 삼고 있는 이십대 청년이 직접 그린 만화책도 있었다. 저자가 딱 50부밖에 찍지 않아서 딱 한 권 남은 희귀본도 있었다.

솔직히 출판사 직원의 시선으로 보자면 만듦새가 엉망인 책도 많았다. 표지 종이가 너무 얇아서 모서리가 들리기도 하고, 코팅이 되어 있지 않아 흠집도 잘 생길 것 같았다. 이걸 대체 누가 살까 싶을 정도로 작고 얇은 책이라든가, 지나치게 개인적인 일기처럼 느껴지는 책도 있었다. 그림도 썩 잘 그린 것 같지 않았고, 소재나 디자인이 너무 실험적이었으며, 가격도 내용이나 분량에 비해 비싸게 느껴졌다.

그런데, 그런데, 그런데! 그럼에도 불구하고! 나는 그날 책값으로 5만 원 이상을 지출하고야 말았다. (굿즈로 귀여운 고양이 스티커도 받았다!) 이걸 대체 누가 살까 싶을 정도로 작고 얇은 그 책을 바로 내가 산 것이다. 이상하게도 책의 형태는 정말 아무런 문제가 되지 않았다. 그냥 글에 푹 빠져서 오랫동안 독서를 했다. 저자의 삶으로 사르르 깃드는 느낌이었다. 이유는 모르겠지만 유명인도 아니고 그저 타인에 불과한 사람의 지극히 사적인 이야기가 나는 너무 궁금했고, 너무 재미있었다. 신기했다. 마음이 넉넉해진 기분이 들었다.

내가 알지 못하던 세계를 처음 접한 그날, 집으로 돌아오는 길에 서울부터 제주까지 전국에 있는 독립서점의 인스타그램을 몽땅 뒤져서 팔로우했다. 책방 주인이 올리는 책 소개에 한동안 푹 빠져서 그 이후로도 책을 종종 사다 읽었다. 뭔가 특별했다. 개성이 넘쳤다. 흔하지 않아서 좋았다. '누구나 작가가 될 수 있구나, 그러면 나도 작가가 될 수 있겠구나!' 하는 설렘도 생겼다. 업무 시간엔 읽을 수 없으니 출퇴근 지하철에서 읽게 되었고, 잠들기 전 침대에서도 읽었다. 이 책은 어떤 종이로 만들어졌는지, 폰트는 뭘 썼는지 하나도 궁금해하지 않고 말이다.

'책이 싫어증'을 마침내 극복하게 된 것이다!

그리고 여기서부터는 여담이다.

어느 날, 내 책상에 잔뜩 쌓인 독립출판물을 몇 권 집어든 우리 대표님은 아니나 다를까 "책이 왜 이 모양이냐?"라고 하셨다. 그런데 그중에 정말 괜찮은 책이 있었다. 콘텐츠 자체가 독립서점에 갇혀 있기엔 아까운 대중적인 소재였다. 나는 독립출판물을 비웃으시던 대표님 앞에 보란 듯이 기획안을 제출했고, 회의 때 좋은 반응을 얻어 그 작가님과 계약을 성사시켰다. 그 책은 얼마 지나지 않아 우리 출판사에서 새로운 옷을 입고 출간되었다. 지금은 독립서점과 대형서점 두 군데에서 모두 사랑을 받고 있다. 잇힝!

오타의 요정

▬▬◢ 앞서 하다 만 오타 이야기를 조금 더 해보자. 맞춤법이야 계속해서 검색하고 찾아가며, 정 모르는 게 있으면 국립국어원에 전화해 물어봐가면서까지 바로잡을 수 있다. 하지만 정말 어쩔 수 없는 것이 있다. 바로 '오타'다. 오타(誤打)는 타자기 자판을 잘못 쳐서 생긴 글자라는 뜻을 담고 있다. 맞춤법은 몰라서 틀린다지만 오타는 정말로 실수다.

손가락 힘을 주체 못 한 나머지 0을 하나 더 누르는 바람에 2006년이 어마어마하게 먼 미래로 둔갑을 한다거나, 저자명 '김먼지'가 1mm도 안 되는 작대기 하나 때문에 '김민지'로 바뀐다거나, 본문에 등장하는 '불어'를 일괄 '프랑스어'로 바꿨더니 글쎄 "이웃과 더프랑스어 살았다."라는 글로벌한 문장이 탄생하기도 한다. (으,

상상만 해도 소름이 돋는다.) 교정지로 볼 땐 정말 없었다. CTP 파일에서도 없었다. 그런데 왜 출간된 책을 펼치면 떡하니 오타부터 눈에 보이는 걸까. 세기의 미스터리다.

나는 믿는다. '오타 자연발생설'을. 오타는 어디선가 저절로 생기는 게 틀림없다. 활자 틈바구니를 뚫고 스스로 돋아나는 거다. 그렇지 않고서야 컴퓨터로 한 번 본 원고를 종이로 뽑아서 1교, 2교, 3교를 보고 크로스교도 모자라 화면교까지 봤는데 왜 오타가 있겠는가. 정말 말도 안 되는 일이다. 혹시 내가 까칠하게 굴어서 인쇄소 기장님이 몰래 집어넣는 걸까.

세상에 오타 없는 책은 없다고 누군가 말했다. 전적으로 공감한다. 오타가 없는 것처럼 보이는 책이 있을 수 있지만, 실은 거기에도 분명 오타가 있다. 아직 발견하지 못했을 뿐. 이 책에는 과연 몇 개나 나오려나. (혹시 제보해주시는 분께는… 그냥 그런 거 찾지 마세요.)

이 자리를 빌려 모든 출판사 대표님과 독자 여러분께 알리고 싶다. 오타는 저절로 발생한다는 사실을. 인쇄소와 제본소 그 어디쯤에 사는 오타의 요정이 편집자를 엿 먹이려고 일부러 끼워 넣는다는 사실을. 진짜로, 정말로.

편집자
등 터지다

편집자는 종종 쌈닭이 된다. 이 사람과도 싸워야 하고, 저 사람과도 싸워야 한다. 그리고 보통은 그렇게 싸우다가 등이 터진다. 이건 저마다의 입장이 있기 때문인데, 보통 어떤 이유로 싸우느냐 하면….

1. 일정

작가 : 다음 달이 제 생일인데, 그 시기에 맞춰서 꼭 책이 나오면 좋겠어요! 사람들한테 생일 선물로 한 권씩 사라고 할게요!

마케터 : 아이고, 여름휴가 때 다들 놀러 가는데 누가 서점에서 책을 삽니까? 절대 안 돼요. 가을 학기 시작할 무렵에 론칭할 겁니다.

2. 교정

편집자 : 음, 그런데 국립국어원에는 '클랙슨'이 표준어로 나와 있어서요. 아니면 '경적'은 어떠세요?

작가 : 에이, 그게 뭐예요. 이상하잖아. 그냥 '크락숀'으로 해주세요. 원래 발음대로 하는 게 더 자연스럽지 않아요? 우리 동네는 다 그렇게 발음하는데.

3. 디자인

작가 : 제 지인이 그러는데, 이건 이렇게 옮기고 저건 저렇게 바꾸는 게 더 낫대요.

디자이너 : 그럼 가독성 떨어져서 안 돼요. 누끼도 다시 따야 해서 일정 못 맞추는데, 상관없어요?

4. 후가공

디자이너 : 제목은 유광 금박에 형압을 하면 좋겠어요.

대표 : 그럼 너무 비싸, 안 돼.

5. 제작

인쇄소 : 종이가 아직 안 들어와서 못 찍었어요.

지업사 : 어제 막차로 보냈는데요.

평범한 대화 같다고? 편집자 등 터질 이유가 없다고? 이 대화가 평화롭지 못한 까닭은, 저 이야기를 서로가 서로에게 직접 하는 게 아니고 중간에서 내가 전달해야 하기 때문이다. 하하하!

편집자 : 작가님, 그런데 표지 이미지를 그쪽으로 옮기면 제목 가독성이 떨어진대요. 시간도 너무 오래 걸려서 일정도 못 맞출 것 같아요. 차라리 A안을 조금 더 디벨롭하는 건 어떨까요?

작가 : 제가 표지 시안들을 단톡방에 올려봤는데, 지인들이 A안 제목 글자를 세로로 바꾼 다음에 B안 배경 색을 하얗게 바꿔서 합치는 게 낫다고 하더라고요. 그 느낌이 더 괜찮지 않나요?

편집자 : 음, 그렇게 되면 디자인 자체가 달라져서요. 아무래도 출판 전문 디자이너 입장에서 판단하기에는 너무 복잡하고 지저분하다고 하네요. 저희 내부에서는 사실 A안으로 의견이 모아지고 있어요. 마케팅 팀에서도 A안 반응이 좋고요.

작가 : 왜 해보지도 않고 그러세요? 귀찮아서 그래요?

편집자 : 아니에요, 작가님! 절대 그런 게 아니라… 저

어, 디자인 실장님, 작가님이 한번 보고 싶다고 하시는데 혹시 느낌만 살짝 보여주실 수 없어요?

디자이너 : 아, 진짜 너무하네. 이게 몇 번째 수정이에요? 그럴 거면 자기가 직접 하라고 하세요. 알지도 못하면서….

편집자 : 아이, 그러지 마시고 한 번만 더…. 진짜 마지막….

이렇게 써놓고 보니, 아무래도 싸우는 게 아니고 또 빌고 있는 것 같다. 여기서는 이 사람 편들고, 저쪽에 가서는 또 저 사람을 변호한다. 안 그러면 정말로 쌈박질이 될지 모르니까. 어느 한쪽이 이겨야 내 싸움은, 아니 내 굴욕은 끝이 난다. 물론 각자의 입장이 되어 보면 이해가 안 되는 것도 아니다. 결국 모두가 책에 대한 애정이 있어서 갈등하고 대립하는 것 아니겠는가. 적당한 선에서 져줘야 하는 문제도 있고, 사태가 심각해지더라도 끝까지 고집을 부려야 하는 일도 있다. 어쨌든 나는 중간에 끼어서 등이 터지다 못해 부르텄으니 이쯤 되면 제발 아무나 좀 이겼으면 좋겠다….

삼가 고인의
명복을 빌고 싶은데

신입사원 시절, 전 세계적으로 유명한 인물이 뜻밖의 죽음을 맞아 지구가 발칵 뒤집힌 적이 있다. 그리 많은 나이도 아니었기에 충격이 더 컸다. 앞으로 더 많은 업적을 남길 수 있었을 텐데, 지구인들은 귀한 인재를 잃은 통탄함에 빠졌다. 그리고 연남동에 있던 어느 출판사에서는 아주 특별한 방법으로 고인을 기리기로 결심하는데….

"이번 달 안에 다섯 종 출간하도록 준비해라."

"네?"

"자서전 성인 버전이랑 어린이 버전 따로 만들고, 그거 뭐야, 작은 거, 명언 모아서 핸디북도 하나 만들어. 자기계발이랑 에세이도 분리하고. 다음 달에 광고 잡아 놨으니까 무조건 종수 늘려서 매대에 깔아."

"…네?"

내가 지금 뭔 소리를 들은 거냐. 한국말이긴 한데 왜 이해가 안 되는 거지? 사장님, 혹시 어느 별에서 오셨나요?

고인은 워낙 유명한 인물이라 이미 생전에도 그에 관한 책이 많이 나와 있었다. 위인전처럼 성공하기까지의 일대기를 다룬 책도 있었고, 어떻게 하면 그 사람처럼 말하고 기획하고 행동할 수 있는가에 대한 비법이나 그의 리더십을 분석한 책도 있었다.

서점에서도 전 세계인의 이슈가 고인에게 향하자 곧장 관련 도서만 모아 단발성 이벤트 매대를 설치했다. 어느 서점에 가도 고인의 책 모음 코너가 가장 눈에 잘 띄는 곳에 비치됐으니, 진즉에 책을 만들어둔 출판사들은 뜻밖의 횡재를 하게 된 셈이다.

하지만 우리 출판사는 아니었다. 그에 관한 책을 한 권도 낸 적이 없었다. 그런데 갑자기 다음 달에 매대를 잡아놓았다니? 게다가 다섯 종을 한 달 안에 만들어내라니? 기획도 없고 원고도 없는데 이게 무슨 멍멍이 소리란 말인가. 당장 원고라도 있어야, 글이라도 있어야 만드는 시늉이라도 할 수 있지 않은가. 그리고 나를 단돈

80만 원에 낙찰해간 당시의 사장님은 정말 장사 수완이 좋은, 책을 잘 팔기 위해서라면 뭐든지 하는 사람이었다. 그는 비상한 두뇌로 빠르게 모든 것을 착착 진행하기 시작했다.

우선 편집팀에서는 시중에 나와 있는 고인 관련 도서를 모조리 구입했다. 저작권법의 보호를 받아야 하는 누군가의 창작물인 그 책들을 토대로, 문장이 아주 교묘하게 조금씩만 다른 원고를 만들어냈다. 어느 블로거가 예쁘게 잘 정리해놓은 고인의 업적과 연혁을 바탕으로 어린이가 읽을 위인전도 만들었다. 해외에 떠돌고 있는 그의 명언을 모아 대강 번역기를 돌려 명언집도 만들었다. 모든 편집자가 달라붙어 밤을 꼬박 새우다시피 하여 원고를 만들고 나면, 그다음은 디자이너들이 몇 날 며칠을 뜬눈으로 보내야 했다. 이래도 되는 건가, 지금 내가 뭐하고 있는 건가, 하는 생각은 아주 잠깐 동안만 했다. 그런 생각이나 고민을 할 시간적 여유도 없었을 뿐더러, 어차피 우리는 하면 안 되는 그 짓을 이미 하고 있었으니까.

그렇게 지옥 같은 한 달이 지나고 나니, 정말로 우리 회사에서 고인 관련 도서가 다섯 종 출간되어 있었다.

자랑스럽게 교보문고 한 편을 채울 수 있었고, 시기를 맞추어 예쁜 옷을 입고 출간된 책들은 불티나게 팔렸다. 그렇게 고생한 대가로 인센티브나 포상 휴가를 받은 사람은 없었다. 건강을 해쳐가며 스트레스를 받아가며 일한 결과물을 그 누구도 자랑스럽거나 떳떳하게 여길 수 없었다. 대신 사장님의 차가 바뀌었다. 사장님보다 더 원망스러웠던 건 나 자신이었고, 나 자신보다 더 원망스러웠던 건 독자들이었다. 아무렇게나 만들어도 많이 팔려버리는 책이 있다는 사실은 신입사원 김먼지에게 너무 큰 충격과 상처를 안겨주었다.

1년만 채우고 경력직으로 이직하겠노라는 포부를 지닌 채 입사했던 나는, 엉망진창인 책들만 만들다가 10개월째 되던 날 첫 회사에 사직서를 제출했다.

유토피아는 없었다

엄청난 야망을 품은 출판인이 있었다. (내 얘기는 아니다. 김먼지는 야망 없는 편집자다.) 출판업에 종사하는 사람들은 이토록 고귀한 일을 하는데 어째서 제대로 된 대우를 받지 못하며 일해야 하는가, 라는 생각으로 업계에 혁신을 일으키고자 했다. 출판사를 차렸고 알음알음 인맥을 통해 직원들을 모았다. 개개인의 연차에 비해 터무니없이 높은 연봉을 제시했으므로 사람을 뽑는 건 어렵지 않았다. 주로 지인 추천 찬스를 이용했기에 면접을 까다롭게 보지도 않았다. 책을 만드는 사람이라면 무조건 좋은 대우를 받아야 한다는 신념으로 적지 않은 직원들에게 엄청난 복지를 제공하기로 했다. 이를테면 이런 것들이 있었다.

― 다른 출판사에 비해 약 1000만 원가량 높은 연봉

113

- 매달 크리에이티브비 10만 원 지원

- 매달 주유비 및 교통비 10만 원 지원

- 매달 도서비 5만 원 지원

- 매달 통신비 5만 원 지원

- 생일축하금 20만 원 지원

- 여름휴가비 50만 원 지원

- 팀별 회식비 지원

- 개인별 법인카드 지급

- 중식 제공

- 야근 시 석식 및 택시비 제공

등등… 대기업에 다녀보진 않았지만 정말 어지간한 대기업 수준, 혹은 그보다 더 나은 복지를 약속했다. 그리고 여기서 반전이 있다. 비현실적인 그 약속이 실제로 지켜진 것이다. 책을 팔아 먹고사는 것은 가난의 길이라고만 생각했는데, 정말 꿈만 같은 액수가 통장에 쌓이기 시작했다. 김먼지도 그 통장의 주인 중 하나였다. 신기하고 행복했다. 이제 난 부자가 되는 건가?

그랬다. 나는 정말로 부자가 되어가고 있었다. 통장에 많은 돈이 쌓이는데, 그 돈을 쓸 시간이 전혀 없었기 때문이다. 매달 쓰라고 하는 회식비며, 크리에이티브비(기획에 필요한 비용) 등은 구경도 해보지 못했다. 어마어마한 연봉과 복지의 대가는 정말 가혹했다. 작은 출판사에서 매달 이토록 큰돈을 지출하려면 엄청난 자본과 매출이 필요하다. 그 매출을 만들기 위해 전 직원(사장 포함)은 회사 밖으로 탈출할 수가 없었다.

날마다 회의, 회의, 회의의 연속이었다. 아침에도, 점심에도, 저녁에도, 새벽에도. '내일 오전 6시 30분에 긴급회의 소집'이라는 문자를 토요일 밤에 받으면 일요일 첫차를 타고 나갔다. 회의 때마다 버라이어티한 기획들이 튀어나왔고, 바로바로 실행에 옮겨야 했다. 오전 회의가 끝나면 그 길로 곧장 저자를 찾으러 뛰쳐나갔고, 저녁이 되어도 현지 퇴근하는 것이 아니라 회사로 다시 돌아와 기획안을 마무리했다. 퇴근 시간도 특별히 정해져 있지 않았다. 엄마가 전화로 "오늘은 몇 시에 와?"라고 물으면 대답은 "들어갈 수 있을지 잘 모르겠어."였다. 친구와의 약속은커녕 데이트조차 하지 못했다. 아무리 사랑하는 사이라도 당최 7시쯤 저녁을 먹을 것인지 9시쯤 술을 마실 것인지 그것도 아니면 11시에 심야영화를 볼 것인지 정도는 가늠할 수 있어야 싸움이 나지 않을 텐데, 그 덕에 당시 직원들은 너도나도 애인에게 차이는 것이 유행이었다. 차여도 슬퍼할 시간이 없었다.

당연히 주말도 없었다. 출근하지 않은 일요일이 더 드물었다. 기획이 나오면 저자를 달달 볶아 원고를 만들어냈다. 당장 손댈 원고가 없던 어느 날에는 사장님이 직접 글을 써서 자기계발서를 하나 냈고, 그다음 날에는 사장님이 후배를 불러서 에세이를 하나 냈다. 지금이야 누가 책 만드는 데 얼마나 걸리느냐고 물으면 "완전 원고가 입고된 후로 3개월 정도 예상하시면 돼요."라고 대답하지만 그땐 달랐다.

"사흘이면 돼요."

완전원고 입고부터 교정 교열, 본문과 표지 디자인까지 마무리된 완벽한 데이터 아웃이 딱 3일이면 끝났다. 저자도 편집자도 디자이너도 집에 가지 않고 3일만 밤을 꼴딱 새면 가능했다. 이건 진짜다. 내가 직접 해봤다. 지옥이 따로 없었다.

그렇게 모두가 돈을 얻는 대신 건강을 해치고, 인간관계를 잃어버리기를 계속하던 몇 개월이 지나자 마침내 통장에 쌓이던 돈도 줄어들기 시작했다. 원인은 두 가지였는데, 첫째는 각종 링거를 맞는 병원비 지출이 늘었기 때문이고, 둘째는 회사의 재정이 마침내 휘청거리기 시작한 탓이었다. 어찌 보면 당연한 수순이었다. 충분한 자본이 마련되어 있지 않은 상태에서 의욕만 앞서 유토피아를 건설하려고 뛰어든 사람도, 그 사람의 미래는 보지 않고 그저 눈앞에 떨어지는 돈만 바라보고 뛰어든 사람도 어리석긴 마찬가지였다. 얼마 후 사장님은 우리를 불러다 앉혀놓고 이렇게 말했다.

"이제 너희 월급을 줄 수 없게 됐다."

직원들은 하나둘 제 갈 길을 찾아 떠났다. 돈에 눈이 먼 김먼지도 조금 더 버티다가 결국 떠났다. 신기한 것은, 모두가 떠난 뒤에도 몇 년간 그 회사의 이름을 단 책이 이따금씩 나왔다는 사실이다. 떠도는 소문에 사장님이 제3금융권에 손을 댔다던데 확인할 길은 없었다. 이젠 거기에 누가 남아 있을까, 누가 책을 만들고 있을까, 궁금하긴 했지만 애써 알고 싶지 않았다. 그때 받은 몸과 마음의 상처가 너무 깊어서 다시 들추기가 싫었다. 다만 그때 함께 고생했던 동료들과는 수년이 흐른 지금도 여전히 끈적끈적하다. 이젠 결혼을 한 사람도 있고, 업계를 완전히 떠난 사람도 있지만, 우리는 여전히 만나면 그때 그 유토피아 이야기밖에 하지 않는다.

먼지 : 네, △△출판사 김먼지입니다.

독자 : 저어, 내가 '인생의 마지막에 읽는 책'이라는 걸 샀는데, 이게 찢어져서 왔소.

먼지 : 어머, 어르신. 너무 죄송합니다. 구입하신 서점에서 바꾸실 수 있어요.

독자 : 그런데 내가 이틀 뒤에 일본으로 출국을 하는데, 그 서점에 찾아가서 바꾸기에는 시간이 너무 오래 걸려서….

먼지 : 아, 그러시군요. 그러면 혹시 찢어진 책 사진을 찍어서 주소랑 같이 제게 보내주실 수 있으신가요? 확인 후 바로 보내드릴게요.

독자 : 꼭 좀 부탁합니다. 아내에게 꼭 선물하고 싶은 책이라서….

먼지 : 네네, 그럴게요!

잠시 후, 문자로 사진은 안 오고 주소만 달랑 왔다. 연로
하셔서 깜박하셨나 보다 하고 그 주소로 새 책을 보내드렸
다. 그 할아버지가 책도 사지 않고 그런 식으로 출판사로
전화를 걸어 새 책을 받아낸 뒤 중고로 파는 유명한 상습
범이라는 사실을 알게 된 건 몇 개월이나 지난 뒤였다. 할
아버지, 출판사 코 묻은 책 중고로 팔아서 살림살이 좀 나
아지셨습니까?

3부

소소하지도
확실하지도 않은

█████◢　나는 평생(이라고 하기엔 짧은 사회생활이지만) 책만 만들면서 살았다. 이것 말고는 할 줄 아는 게 없는데, 그렇다고 또 이 일을 엄청 잘하는 것도 아니다. 우리 출판사는 매출이 적당히 나오지만 그렇다고 대박을 치지도 않았다. 언제까지 이 일을 할 수 있을까, 나는 그런 생각을 자주 한다.

　잘 알려지지는 않았지만, 2018년은 정부가 지정한 '책의 해'였다. 그해 2월, 문화체육관광부가 '국민독서실태조사'를 발표했는데, 성인 10명 중 4명은 1년에 책을 한 권도 읽지 않는다고 했다. 책 읽는 사람이 점점 줄어들고 있다. 출퇴근길 지하철만 봐도 그렇다. 불과 몇 년 전까지만 해도 남녀노소 할 것 없이, 앉은 이나 선 이나 책에 집중하는 모습을 어렵지 않게 볼 수 있었다. 지금은 나부터가 대중교통을 이용할 땐 스마트폰이 훨씬 익숙하다. 책이나 신문을 읽느라 눈이 침침해진 게 아니라 온갖 전자파에 노출이 되어 시력이 약해졌다. (그래서 최근에 청광렌즈 안경을 새로 맞췄는데 아주 만족스럽다.) 그렇다고 해서 사람들이 글을 안 읽는 건 아니다. 인터넷 기사나 SNS, 정보가 담긴 블로그 등 받아들이는 텍스트의 양은 오히려 늘어났다. 좋은 글에는 '좋아요'나 댓글이 몇만 건이나 달린다. 그런데 똑같은 정보나 좋은 글을 담은 책 판매량은 한참 뒤처진다. 사람들이 책을 안 산다.

책 안 사는 독자들의 지갑을 열기 위해 오늘도 출판사는 부단히 노력한다. 표지 디자인을 예쁘게 만들어서 읽지 않더라도 소장하고 싶게끔 하고, 사은품(일명 굿즈)도 정성껏 만들어 주객이 전도되게 한다. 사진을 찍어 SNS에 올리면 '좋아요'를 많이 받을 법한 감성적인 글귀가 담긴 책도 만든다. 아이들이 사 달라고 조를 만한 우스꽝스러운 일러스트의 그림책도, 부모가 자녀에게 꼭 읽히고 싶은 교훈적인 책도 제작한다. 공무원 시험 합격을 위한 수험서도 잘 나가고, 유명 아이돌의 포토에세이는 해외에서도 폭발적인 반응을 보인다. 잘 팔리는 책은 정해져 있다. 출판사가 거기에 맞춰야 한다.

　도서정가제가 시행된 이후부터는 책값이 비싸서 못 사겠다는 독자도 늘었다. 제아무리 훌륭한 성인의 인생이 몽땅 집약되어 담겨 있다고 해도, 업계에서 내로라하는 편집자, 디자이너, 마케터가 밤낮으로 달라붙어 완성해냈다고 해도, 사람들은 여전히 책값이 비싸다고 생각한다. 이거 하나에 1만 원이라고? 1만 5000원이라고? 하며 들었던 책을 도로 놓는다. 출판사는, 특히 작은 출판사는 매우 난감해졌다. 책값을 올리면 팔리지 않고, 내리면 남는 게 없다. 이윤을 남기기 위해 실력이 조금 부족하지만 저렴하게 해주는 번역가에게 번역을 맡긴다. 디자인도 종이도 마찬가지다. 그렇게 엉망으로 나온 책은 값이 싸도 어차피 팔리지 않는다. 몇몇 작은 출판사는 그렇게 차츰 사라져갔다.

　종이신문이 하나둘 폐간되고 전자책이 보편화되는 시기가 있었다. 사람들은 종이책 시장도 곧 사라질 거라고 했다. 나를 아끼는 지인들도 "먼지야, 그 일 괜찮겠어?"라며 염려의 말을 건네곤 했다. 하지만 불행인지 다행인지 오늘날 전자책과 종이책은 각자의 길을 알아서 뚜벅뚜벅 걷고 있다. 장르소설이나 19금 콘텐츠는 전자책일 때 폭발적인 판매량을 보인다. 그리고 사각거리는 종이의 질감을 손으로 직접 느끼며 책을 읽는 사람도 여전히 많다. 그렇다, 책이 소멸되진 않을 것이다. 하지만 출판 시장은 분명 침체되고 있다. 책을 사는 사람이 점점 줄어들고, 책은 너무 많이 쏟아지고, 우후죽순 출판사가 생겨났다가 또 사라지고. 책 팔아 먹고사는 사람들은 불안한 마음을 가슴 한구석에 감추고 일을 하고 있다. 작은 출판사들은 얼마나 버틸 수 있을까, 나는 언제까지 이 일을 할 수 있을까. 나쁜 생각을 털어버리려고 애써 고개를 젓는다.

이 장의 제목은 원래 '소소하지도 확실하지도 않은 행복'이었다. 그런데 쓰다 보니 어느덧 뒤에 따라붙던 두 글자는 지워지고 말았다. 책을 만드는 것은 소소하지도 확실하지도 않다. 그럼에도 불구하고 행복한지는… 아무래도 조금 더 생각해봐야 할 것 같다. 이 책이 완성될 즈음에는 그 답을 찾을 수 있을까.

그땐 그랬지

편집자에 'ㅇ'이 하나 더 붙어 편집장이 되었을 때, 나는 뭔가 대단히 잘못 돌아가고 있음을 느꼈다. 편집팀원들이 집중해서 하나의 기획에 매달리고 정성 들여 책을 만드는 동안, 내가 하는 일은 고작 그 기획을 컨펌하는 것이었다.

"괜찮네요, 한번 진행해봐요."

"음… 기출간도서에 비해 임팩트가 약간 부족한 것 같은데, 시장조사를 조금 더 해보는 건 어때요?"

"요즘 그런 스타일이 유행이긴 하더라고요. ○○○ 실장님한테 표지 의뢰하면 잘 어울릴 것 같아요."

"다들 이따 회의 들어올 때 4분기 출간 예정 리스트 정리해서 가지고 오세요."

고심을 거듭해 작성했을 기획안을 감히 평가하고, 어

쭙잖은 조언이나 몇 가지 던져주고, 실수가 나오면 뒤치다꺼리 정도를 하는. 편집을 한다기보다는 편집자 후배들을 관리하고 지도하는 사람이 된 기분이었다. 팀이 꾸려지고 팀원이 생기면 당연히 내 사람들을 챙겨야 하는 게 맞는데, 어쩐지 내 성에는 차지 않았다. 나는 이런 게 정말 안 맞는 것 같다. 누군가의 밑에서 배우고 실수도 해가며 그저 열정적으로 책 하나에 몰두해 기획하고 만들던 때가 정말 그리웠다. 아무래도 나는 성장하긴 글러먹은 모양이다.

책임편집한 책 중에 가장 기억에 남는 것을 꼽으라면, 주저 없이 2년 차 무렵에 만난 어느 예술가의 에세이를 말할 것이다. 책의 내용이 너무 좋아서도 아니고, 만들 때 고생을 너무 많이 해서도 아니다. 당시의 '내'가 너무 멋졌기 때문이다.

이직한 곳에서 처음으로 맡게 된 책이었다. 다들 자신의 담당 작가를 한 명씩 맡고 있는 것이 부러웠던 차에 나에게도 담당 작가가 생긴 것이 무척 자랑스러웠다. 작가님의 원고를 꼼꼼히 정독하며 세심하게 교정을 보는 한편, 그가 그동안 해온 인터뷰나 기사, 블로그 글 등을 하나도 빠뜨리지 않고 모조리 읽었다. 고등학교 때 어떤 사건을 계기로 예술가의 길을 걷게 되었으며, 작품에서 명확하게 드러내고자 하는 것이 무엇인지, 앞으로의 비전은 어떠한지 등을 몽땅 섭렵하고 나니 마치 그의 오랜 지인이라도 된 기분이 들었다. 작가님이 하는 말 한마디며 책에 수록할 작품 하나하나가 세세하게 이해되었다. 추구하는 바가 무엇인지도 명쾌하게 캐치할 수 있었다. 마치 그 사람이 된 것처럼 그 삶으로, 그 글로 빠져들었다. 정성을 다해 책을 만들었고, 책이 나온 뒤에도 마치 연예인의 매니저처럼 작가님을 따라다니며 방송국에 책을 돌리고, 강연회와 사인회를 진행했다. 책이 만들어지기 전부터 팔린 이후까지의 모든 과정을 내가 주관했다. 이 세상에 그 책과 작가님에 대해 나보다 더 잘 아는 사람은 없으리라는 묘한 쾌감까지 느꼈다. 서울부터 부산까지 여기저기 다니느라 몸은 축났지만 힘든 줄도 몰랐다. 책이 무지하게 팔린 건 아니지만 그래도 보람이 있었다. 재미도 있었다. 그땐 편집자가 다 이런 건 줄 알았다.

책을 한 권 두 권 만들고, 연차가 쌓이고, 실력이 늘어갈수록 나는 그때의 모습과는 점점 멀어져만 갔다. 일 잘하는 사람에게 돌아오는 건 '더 많은 일'이라더니, 나의 성실함이나 감을 인정받을수록 내게는 더 많은 업무가 주어졌다. 주어진 시간 안에 모든 걸 다 할 순 없었기에 포기해야 하는 것들이 생겼고, 직접 하지 않고 다른 사람의 손을 빌어야 하는 일이 늘어났다.

그보다 작은 출판사로 이직을 한 뒤 혼자서 편집 일을 하던 때에도 마찬가지였다. 인원이 없으니 일손이 더 부족했다. 하나의 원고에 집중해 교정을 보기보다는 외주 교정자에게 맡겨버리고, 출간 후의 홍보 일정은 내가 직접 나서기보다는 마케팅팀에 일임해버리고, 마감 일정과 월 매출 맞추기에 급급한 편집장이 되고 말았다. 누군가는 반드시 해야 하는 가장 중요한 역할이지만, 나는 어쩐지 남의 일을 해주는 기분이 든다. 진짜 내 일, 내 책, 내 작가를 갖고 싶다.

이것만 하고
진짜 때려치울 거야

너무 힘들었다. 정말 이번 건 역대급이었다. 외주 번역가, 외주 교정자, 외주 디자이너 사이의 조율이 나를 미치게 만들었다. 이도저도 하지 못한 채 시간만 속절없이 흐르고, 책은 나와야 하는데 갈등은 깊어만 갔다. 돈을 주고 일을 맡긴 건데도 왜 자꾸 내가 빌어야 하고, 내가 죄송해야 하며, 내가 그들의 스케줄에 맞춰 야근에 특근도 모자라 집에서까지 일을 해야 하지?

울음을 삼켜가며 일했다. 정말 최악이었다. 하지만 더 큰 문제는 끝이 보이지 않는다는 거였다. 이 책을 마무리하고 나면 그다음 책이 또 있고, 그다음 책이 또 있다. 연차라도 길게 써서 쉬고 싶은데 그랬다간 그다음 책이 또 늦어지고 나는 그만큼 또 개고생을 해야 한다는 걸 알아서 엄두도 나지 않는다. 지칠 대로 지친 이 삶을 이만 마감하고 싶었다. 아무런 희망이 보이지 않았다. 책을 만들면 뭐해, (많지도 않은) 월급을 받으면 뭐해, 내가 이렇게 불행한데….

안 되겠다. 이 책을 끝으로 진짜 그만둬야겠다. 늘 그만두고 싶었지만 이번엔 진짜, 진짜로. 때려치우고 내 오랜 꿈이었던 프리랜서로 전향을 하든지, 아니면 조금 쉬다가 다른 회사로 들어가든지, 아니면 동네 카페에서 알바를 하든지, 설마 이 나이 먹고 내 몸 하나 건사 못 하겠나 싶었다.

며칠 뒤, 나를 그토록 고생시켰던 책이 나왔다. 예쁘게 잘 나왔다. 다행히 고생한 보람이 있었다. 신간을 들고 온라인 서점 MD 미팅을 다녀온 마케팅 팀장님은 근래 들어 가장 밝은 목소리로 말했다.

"먼지 씨, 이번 책 진짜 반응 좋다! 원래 그 담당자 책 잘 안 받아주기로 유명한데 이번에 꽤 많이 받아갔어."

이번 작업에 도움을 준 다른 출판사 동료 에디터에게도 한 권 선물했는데, 배송을 받자마자 카톡이 왔다.

먼지야, 책 지금 받았어. 잘 읽을게. 제목 되게 잘 잡았다. 잘 나갈 것 같은데?

식사를 하고 온 실장님도 한마디 한다.

"오늘 거래처 간 김에 이 책 보여줬는데, 글이 아주 깔끔하게 읽힌다고 좋아하네요. 이 작가 이번이 첫 책인가요? 차기작 준비시켜도 되겠어요."

고생한 책이 칭찬을 받으니 기분이 좋다. 내가 발굴한 작가고 내가 기획한 콘셉트라서인지 뿌듯하기까지 하다. 역시 내 안목은 틀리지 않았다. 아니, 아니지. 정신 차리자. 뿌듯해하면 뭘 해, 난 이제 그만둘 건데. 그런데 하반기 출간 일정표를 확인하던 대표님이 화룡점정을 찍었다.

"김먼지 올해 들어 기획이 많이 늘었다? 앞으로 나올 것들도 다 괜찮네."

앞으로? 난 앞으로 이 회사에 없을 건데? 앞으로 나올 것들은 기획도 좋고 계약도 되어 있지만 내가 그만둔 뒤에 들어올 후임이 하게 되겠지. 난 더 이상 여기서 일 안 할 거야. 아, 근데 저 기획은 너무 아깝다. 내가 어떻게 따낸 계약인데. 어쩌지, 저것까지만 할까. 아, 고민하다 보니 벌써 퇴근 시간이다. 일단 내일 출근해서 다시 생각해야지.

책을
내고 싶으신가요

혼자 떠나는 여행을 즐기는 편이다. 직장인이라면 누구나 당당히 쓸 수 있는 연차가 주어져 있지만, 막상 쓰려면 이 사람 저 사람 동료 및 상사 눈치와 마감 일정을 봐가며 미리미리 결재를 받아야 하는 세상 아니겠는가. 혼자 여행을 갈 때의 장점은 여기서 더욱 부각된다. 내가 쓸 수 있는 휴가 날짜에 그냥 훌쩍 떠나버리면 그만이니까. 어차피 길게 쓰지도 못하는 휴무일이기에 나는 주로 가까운 제주도를 찾는다. 예쁜 카페에 들러 바다를 보면서 차를 마시다가 작은 게스트하우스에 짐을 푼다. 낮에 혼자 고독을 즐겼다면 밤에는 그곳에서 만난 사람들과 시끌벅적하게 즐긴다. 이것이 적당히 고요하고, 적당히 소란스러운 나의 힐링 비법이다.

그날도 게스트하우스를 찾았다. 저녁이 되어 '게하의

135

꽃' 바비큐 파티가 시작되었고, 생전 처음 보는 사람들과 스스럼없이 이야기를 나누는 장이 펼쳐졌다. 워낙 이런 여행이 익숙하기도 하고, 직업 자체가 사람을 많이 상대하는 일이다 보니 초면인 상대방과도 대화를 하는 것이 어렵지 않다. 정말 다양한 주제로 이야기를 하게 되기에 흥미롭기도 하고, 때로는 생각지도 못한 새로운 기획거리를 얻기도 하는 소중한 시간이다.

여행지에서 만난 사람들끼리 처음 묻는 공통 질문이 몇 가지 있다. 일단 나이를 묻는다. 호칭을 정해야 하므로. 그런 다음엔 어느 지역에서 왔는지 묻는다. 같은 지역구에서 온 사람이라면 친밀도가 급상승한다. 그러고 나면 언제 왔는지, 언제 가는지, 제주에는 얼마나 있었는지, 제주의 어디를 다녀왔는지, 어디가 좋은지, 내일은 어딜 갈 건지… 대강 이런 루틴이다. 술이 한두 잔 들어가고 분위기가 무르익으면 조금씩 속내도 털어놓는다. 진로나 직업에 대한 이야기도 나누게 된다. 물론 처음 보는 사람들이고 다시 볼일 없는 사람들이기에 아무렇게나 지어내도 무관하다. 그런데 또 바꾸어 말하면, 처음 보는 사람들이고 다시 볼일 없는 사람들이니까 솔직히 털어놔도 무관하다.

"저는 출판사에서 책 만들어요."

나는 후자였다. 역시나 사람들은 눈이 동그래지며 감탄했고 나를 추켜세웠다. (하하하, 댁들이 생각하는 그런 멋진 모습은 결코 아닌데 말입니다.) 출판업과 편집자에 대한 몇 가지 질문이 더 오갔고, 나는 이런 관심이 부담스러워 적당한 선에서 대화 주제를 슬쩍 내일 우도행 배가 뜰 날씨인가 아닌가 하는 쪽으로 돌려버렸다. (좋아, 아주 자연스러웠어!)

이런저런 이야기를 하다가 소등할 시각이 되자 하나둘 자리를 떴고, 나도 주섬주섬 먹은 자리를 정리하고 있었다. 그런데 아까부터 유독 내게만 말을 붙이던 남자분이 슬쩍 다가오는 것이 아닌가!

"저기…."

"네?"

솔직히 내 스타일은 아니었지만 그렇다고 해서 여행지의 로맨스를 마다할쏘냐. 사실 아까 술자리에서부터 내게 호감을 보인 걸 느끼고는 있었지만, 이렇게 적극적으로 다가올 줄이야. 두근, 두근, 두근. 얼굴이 빨개졌으면 어쩌지.

"책을 내려면 어떻게 해야 해요?"

"…네?"

잠깐 바닷가를 걷자고 말하는 대신, 그 남자는 내게 책을 내고 싶다고 말했다. 유럽 여행을 다녀온 일기와 사진이 있는데 그걸 우리 출판사에서 출판해달라는 것이다. 혼자 설레다가 혼자 짜증이 났다. 나는 여기 일하러 온 게 아닌데.

출판사로 투고 메일을 보내면 된다는 내 말에, 그는 내 명함까지 얻어갔다. 별로 내키지 않았지만 거절하기엔 또 둘러댈 명분이 없었다. 나중에 서울에서 다시 만날 수작을 부리려는 게 아니고, 내 전화번호를 따려는 게 아니고, 진짜로 그냥 출판사의 메일 주소가 필요해서 얻어간 것이다. 그리고 더 어이없는 건, 그날 술자리에 있던 여덟 명 중에서 세 명이 같은 이유로 내 명함을 슬쩍 얻어갔다는 것이다. 셀럽이라도 된 기분이었다.

그날의 인연이 계기가 되어 작가와 편집자 관계로 발전했는가 하면 그렇지도 않다. 그들은 우리 출판사로 원고를 보냈지만, 우리 출판사의 작가가 되진 못했다. 오래전이라 기억이 잘 나지 않지만, 아마 너무 평범한 콘텐츠였던 것 같다. 책을 내고 싶어 하는 사람은 정말 많고, 실제로 책을 내는 사람도 정말 많은데, 그렇다고 또 아무나 책을 낼 수는 없다. 그렇다면 어떤 사람들이 출판사에서 책을 내는가.

작가로 등단한 사람이나 이미 베스트셀러를 출간해본 사람은 제외하고, 그저 책을 내보고 싶은 평범한 무명의 개인을 기준으로 써보겠다. 우선 책을 내고 싶다면 각 출판사에 '투고 메일'을 보내는 것이 가장 확실한 방법이다. 출판사에서 발행한 책의 판권란이나 홈페이지를 보면 메일 주소를 쉽게 찾을 수 있다. 여기로 자신이 어떤 책을 준비하고 있는지에 대한 간단한 기획안과 원고 전체 혹은 샘플을 보내면 된다. 국내에 출판사는 정말 많으니 자신이 내고 싶은 책과 비슷한 분야의 책을 출간하고 있는 출판사를 고르는 것이 좋다. 원고가 탄탄하면 물론 좋지만, 조금 부실해도 기획 자체가 좋은 경우에는 출판사에서 적극적으로 지원을 해서라도 원고를 보완하기도 한다.

우리 출판사에도 실제로 무수히 많은 투고가 쏟아진다. 황송하게도 정말 많은 예비 작가님의 원고를 내가 감히 재고 따지고 쳐내야 한다. 그렇게 1차로 걸러진 투고 원고는 전체 기획회의 시간에 다시 검토된다. 그리고 솔직히 말하면, 계약하는 사람보다는 '죄송하지만…'으로 시작하는 반려 메일을 받는 사람이 훨씬 더 많다. (솔직히 말하면, 너무 바쁠 땐 그 메일조차 보내지 못합니다. 죄송합니다….)

어쨌든 수많은 메일 중에 1차로 살아남는 메일이 있고, 기획회의에서도 선택받는 행운의 주인공이 분명히 존재한다. 대체 그게 어떤 사람이냐고? 소개하기에 앞서, 이것은 현재 김먼지 편집자가 재직하고 있는 자그마한 출판사의 '생계를 위한' 어쩔 수 없는 기준이자, 개인적 경험에서 비롯된 취향까지 반영된 지극히 주관적인 기준임을 밝힌다. 그러니 참고만 하시고 부디 상처받지 않길.

출판사가 선호하는 저자는 당연하게도 '유명한 사람'이다. 텔레비전에 나오는 연예인도 물론 좋지만, 근래에는 일반인임에도 수많은 인터넷 팬을 보유하고 있는 SNS 스타들의 책이 훨씬 더 파급력이 높다. 피트니스, 요리, 그림, 자수, 여행 등 분야를 막론한다. 그런 사람들은 책을 내기도 전에 이미 독자층이 확보되어 있으므로, 출판사는 아주 좋은 홍보 루트를 얻게 되는 것이다. 저자가 자신의 공간에 "저 책 나왔어요!"라고 한마디만 해도 수천, 수만 명에게 저절로 도달하니 말이다. 그러니 만약 자신이 인스타그램이나 페이스북, 블로그, 카페, 유튜브 등에 연결된 인맥이 많다면 그 점을 메일에 반드시 강조하고 링크를 첨부하라. 분명 출판사로부터 입질이 올 것이다! 만약 이웃이 많은 블로그에 원고 일부를 미리 연재한다면, 출판사로부터 먼저 제안을 받는 행운의 주인공이 될지도 모른다.

비슷한 맥락으로 앞으로 홍보 활동을 활발하게 할 루트가 있는 사람도 대환영인데, 이를테면 강연을 하러 다니는 사람들이다. 지역 도서관이나 백화점 문화센터에서도 다양한 강연을 기획하여 고객을 유치하는 시기이니만큼 그에 맞는 역량이나 콘텐츠가 있는 저자가 출판사는 고맙다. 이미 강연을 하던 사람이 강연할 때 교재로 쓸 책을 출간하기도 하고, 혹은 자신의 강사 프로필에 그럴 듯한 저서가 필요해서 출간하는 사람도 있다. 직업은 따로 있지만 책을 냄과 동시에 여기저기서 요청을 받아 강연을 하게 되는 작가도 많다. 우리 회사 작가님 중에도 그냥 아르바이트를 하며 지내던 사람이 여행에세이를 출간한 뒤에 하도 강연을 많이 다니다가 지금은 아예 전문 강사로 뛰는 분이 있다. 이런 경우 책도 홍보 및 판매가 되고, 작가님에게도 커리어와 수입이 생기니 진정한 원원이다.

또한 출판사는 트렌디한 원고나 기획안을 선호하는 경향이 있다. 출판 시장은 트렌드에 아주 민감한 곳이다. 부동산 책이 대박이 나면 우후죽순 쏟아지고, 우울에 관련된 에세이가 잘 나간다 싶으면 또 여기저기서 나온다. 표지 디자인이나 제목도 유행을 탄다. '~해라!'식의 명령형 제목이 유행하던 시기도 있었고, '나는 ~하기로 했다' 같은 다짐형 제목도 한 차례 출판계를 휩쓸고 지나갔다. 그러니 지금 자신이 준비하고 있는 기획안이 얼마나 트렌디한지, 얼마나 대중이 열광하는 콘텐츠인지를 잘 파악하고 분석해서 어필하면 효과가 있을 것이다. 단, 기존에 출간되어 있는 책보다 나은 차별점이 분명히 있어야 한다.

마지막으로 각 출판사의 출간 방향과 일치하는 원고도 환영이다. 이를테면, 청소년 소설 시리즈를 계속해서 출간하고 있는 곳이라면 청소년 소설이 반가울 것이고, 여행 전문 출판사라면 여행 가이드북이나 에세이 투고에 눈을 빛낼 것이다.

이 글을 본 예비 작가님들은 어떤 기분이실지 궁금하다. 혹시 실망스러운지 아니면 반대로 희망적인지. 물론

이 모든 것의 바탕은 '탄탄한 원고' 혹은 '탁월한 글솜씨'가 아닌가, 하고 생각하는 사람도 있을 것이다. 다행스럽거나 혹은 안타깝게도 모든 베스트셀러의 문장들이 좋은 건 아니다. 예스24나 교보문고 등 온라인 서점의 베스트셀러 리스트만 봐도 알 수 있을 것이고, 당장 자신이 구입하는 도서만 봐도 알 수 있을 것이다. 기발한 콘셉트, 예쁜 표지 디자인과 일러스트, 끌리는 제목, 고급스러운 양장 제본, 요즘 내가 관심 있는 주제… 이런 게 더 중요하다. 문장력은 오히려 그다음 문제이기도 하고, 출판사에서 잘 다듬어줄 수 있는 요소이기도 하다.

그러니 글을 잘 쓰지 못하더라도, 자신만의 이야깃거리가 있다면, 그리고 조금의 노력(가령 SNS라든가)만 할 수 있다면 누구나 출판사에서 책을 낼 수 있다. 자신만의 특별한 콘텐츠가 있다면 지금 당장 출판사의 문을 두드려보시길!

인쇄소에서

■■■◢ "…하면 되죠?"

"네!? 뭐라고요!?"

파주에 있는 인쇄소에 가면 자꾸만 화가 난 사람처럼 소리를 지르게 된다. 덜컹덜컹, 드르륵, 쿵쾅쿵쾅… 하는 기계 소리가 쉴 새 없이 들리기 때문이다. 내 목소리는커녕 상대방이 하는 말도 알아듣기가 어렵다. 이렇게 소리를 질러가며 대화를 하다 보면 의도하지 않았지만 분위기가 썩 좋지 않은 느낌이다. 붉은 기는 올리고 노란 기는 낮춰달라는 등 이런저런 요구를 하며 가장 예쁜 색감을 찾아내야 하는데, 그 와중에 색을 조정해주는 기장님의 무뚝뚝한 표정을 자꾸만 살피게 되는 것이다. 그래서 신입 시절에는 감리(인쇄 전에 사고를 막기 위해 인쇄소에 가서 인쇄 상태 등을 미리 확인하는 일) 가는 게 무서울 때도 있었다. 자꾸만 주눅이 들어서.

물론 사실은 전혀 그렇지 않다. 기장님들은 모두 색에 있어 자부심을 가지고 일하는 전문가다. 그래서 내가 "이 캐릭터 얼굴에 황달이 있는 것 같아요."라고 개떡같이 말해도 찰떡같이 알아서 노란 빛을 빼준다. 가끔씩 내가 "피부톤을 조금만 더 희게 해주세요."라며 무리한 요구를 할 때면 "그렇게까지 색을 빼면 여기 하늘 부분이 선명하지 않게 나와요."라고 만류하며 최고의 퀄리티를 위해 노력한다. 다만 환경이 이렇다 보니 언성이 높아지는 것뿐. 잘 보니 분주히 왔다 갔다 일하는 기장님 귀에는 귀마개도 꽂혀 있다. 바로 옆에서 굉음을 내며 돌아가는 기계 탓이다. 얼마나 시끄러우면⋯. 으, 작업 환경이 너무 열악하다.

소음보다 더 심각해 보이는 건 바로 공기. 하루에도 수천, 수만 권의 책을 인쇄하는 곳이다 보니 밀폐된 인쇄소는 지분(종이 먼지), 페인트와 잉크 냄새로 가득해서 잠시만 있어도 머리가 지끈거린다. 종이는 습기에 약하기 때문에 언제나 건조하게 유지해야 하고, 이것이 호흡기에는 정말 좋지 않은 영향을 미칠 것이다. 게다가 오랫동안 지켜본 바로는 2교대로 오전 내내 혹은 야심한 시각까지 일하고, 연말에 다이어리나 달력 작업이 몰릴 때면 주말 특근도 불사하는 것 같다.

땀에 절은 유니폼, 목에 두른 수건…. 정말 고생이 이만저만이 아닌 기장님들. 안쓰럽고 감사한 마음에 인쇄소에 갈 때는 비타민 음료 한 박스를 꼭 챙겨간다. 물론, 감리 대기를 하며 인쇄소 부장님이 살짝 알려준 기장님들의 연봉을 들은 뒤부터는 안쓰러운 마음 대신 감사한 마음만 잘 가지고 다닌다. 내 처지에 누가 누굴 걱정하나, 암만!

편집자의 이름

■■■■✦ "이 책 제가 만들었어요!"

자랑스레 신간을 내밀면 지인들은 표지에서부터 내 이름을 찾느라 우왕좌왕이다. 하지만 안타깝게도 편집자의 이름은 표지엔 들어가지 않는다. 그곳은 오직 저자를 위한 공간. 이건 내가 '만든 책'이지 '쓴 책'이 아니기에 표지에선 암만 눈을 씻고 찾아도 내 이름 비슷한 것조차 찾을 수 없으리라.

책을 폈을 때 맨앞이나 맨뒤에 위치한 '판권란'이 이 책을 위해 보이지 않는 곳에서 수고한 사람들의 이름을 기록하는 페이지다. 언제 처음 발행되었는지, 몇 쇄나 찍었는지, 편집과 디자인을 담당한 사람은 누구인지를 비롯해 회사 주소나 이메일, 전화번호 등 다양한 정보가 담겨 있다. 그리고 내 이름도 그곳에서 찾을 수 있다.

[책임편집: 김먼지] 뭐, 가끔은 내 이름을 지워버리고 싶은 책도 있지만.

그런데 사실 한 군데 더 있다. 편집자의 이름이 들어갈 수 있는 곳. 모든 책에 다 있는 것은 아니라서 더 값진 '저자의 말'이다. 프롤로그 혹은 에필로그를 통해 작가가 '스페셜 땡스 투'를 남길 때가 있는데 이를테면 '이 책을 쓰는 데 도움을 주신 ○○○ 교수님께 감사를 전한다.' 같은 식이다. '늘 내 편이 되어주는 사랑하는 가족에게 이 책을 바친다.'라고 하는 로맨틱한 글귀도 종종 볼 수 있다. 그리고 이따금 치열하게 교정을 보던 나를 멈칫하게 만드는 문장도 있다.

'이 책이 만들어지기까지 함께 애써주신 김먼지 편집자님께 감사드린다.'

굳이 내 마음을 뭉클하게 해주시는 고마운 작가님들. 내가 만든 모든 책에는 언제나 내 이름이 박혀 있지만, 함께 작업한 작가가 나의 노고를 인정해주며 감사를 전하는 그 순간이야말로 내게는 정말 큰 위안이고, 훈장이다.

언제나 꽁꽁 숨겨져 있는 내 이름. 부끄러운 순간도, 자랑스러운 순간도 있는 내 이름. 이 책에도 내 이름이 담겨 있다. 최초로 표지를 장식하게 되는 이름이 비록 실명은 아니지만, 그래도 '김먼지'의 실체는 변하지 않으니 아쉬울 것도 없다. 부디 이 책은 김먼지라는 이름이 부끄럽지 않은 책이길.

참, '먼지'라는 이름은 마치 우주에서 보면 인간은 고작 먼지 한 톨에 지나지 않는다는 심오한 뜻을 지닌 것 같지만, 실은 그냥 함께 사는 고양이에게서 빌려온 이름이다. 책 팔아 돈 벌면 캣타워를 바꿔주는 조건으로.

더럽고
치사한 편집자

업계에는 이런 말이 있다.

"베스트셀러는 베스트셀러라 베스트셀러다."

알쏭달쏭한 이 말은, 결국 책이 잘 팔리려면 일단 베스트셀러가 되어야 한다는 뜻이다. 서점을 찾는 사람은 점점 줄어드는데 서점에 쌓이는 책의 종류는 더 다양해진다. 모처럼 마음의 양식을 쌓으려 서점에 들러도 막상 뭘 읽어야 할지 난감한 사람들의 시선이 향하는 곳은 어쩔 수 없이 베스트셀러 코너일 것이다. 그래서 한 번 베스트셀러가 된 책은 계속해서 팔린다. 남들도 다 읽었다니 좋은 책이겠지, 베스트셀러 정도는 읽어줘야 지식인이지, 하는 생각이 저절로 들게 마련이다.

그래서 생겨난 게 '도서 사재기'다. 출판사에서 직접 자신의 브랜드 도서를 대량으로 구매해 마치 많이 팔린 것처럼 순위를 조작하고, 베스트셀러 코너에 올리는 행위다. 유명한 대형출판사의 사재기는 이미 몇 차례 적발되어 언론에 보도된 바 있다. 그때마다 업계 사람들은 하나같이 "재수가 없어서 걸렸다."고 말했다. 크든 작든 대부분의 출판사에서 관행처럼 사재기를 하고 있는데, 하필이면 그 출판사가 크고 해당 도서의 작가가 유명해서 이슈가 되었다는 것이다.

사실이다. 나는 주로 작은 출판사에만 몸을 담았는데도 그중 사재기를 하지 않은 출판사는 거의 없었다. 심지어 어떤 출판사에 다닐 때는 직원들을 교보문고 각 지점별로 파견해 인당 대여섯 권씩 의무적으로 구입하도록 시킨 적도 있었다. 단, 조건이 몇 가지 있었는데 ① 다섯 권을 한꺼번에 사는 것이 아니라 한 권씩 다섯 번에 걸쳐 사야 한다는 것, ② 카드 대신 현금으로 사야한다는 것, ③ 현금영수증이나 포인트 적립은 하면 안된다는 것 등이다. 한 번에 여러 권을 하나의 카드로 결제하면 한 사람이 산 것처럼 보여서 판매 집계가 줄어드는 까닭이다.

교보문고 광화문점 같은 큰 서점은 계산대도 여러 군데라 어렵지 않은데, 계산대가 하나뿐인 작은 곳은 엄청

민망하고 곤란한 상황이 생긴다. 책을 한 권 들고 가서 현금으로 계산하되 "현금영수증 하시겠습니까?"나 "포인트 적립 하시겠습니까?"에는 단호하게 거절한다. 5분 뒤, 같은 책을 들고 같은 방식으로 계산한다. 5분 뒤, 책은 같지만 묶었던 머리를 풀어헤치고 다시 계산대에 선다. 5분 뒤, 이쯤 되면 교보문고 직원도 알아채지만 모르는 척해준다. 다음엔 가디건을 벗어볼까.

언젠가는 인터넷에서 열 권을 구입하되, 각각 다른 아이디와 다른 주소로 그리고 무통장 입금 방식으로 구입을 하라는 지령이 떨어졌다. 그때는 차라리 나았다. 내 아이디와 가족의 아이디로 모자라 친구들에게 적립금을 쌓아줄 테니 아이디를 빌려달라고 부탁했다. 손 하나 까딱 안 하고 포인트를 받는다고 하니 친구들도 기꺼이 빌려주었다. 그런 식으로 판매 순위를 차츰 올려 책을 분야 베스트에 띄웠다. 그것이 시발점이 되어 엄청난 초대박 베스트셀러가 되었느냐 묻는다면 사실 그것도 아닌데.

그밖에도 출판사에서 일하며 더럽고 치사한 짓을 많이 했다. 책 표지에 '고양이협회 김먼지 회장 강력 추천'이라는 큼직한 카피를 박은 적이 있지만, 사실 그건 실존하는 단체가 아니라 그냥 내가 지어낸 유령 협회였다. 외서를 대강 번역기에 돌린 뒤 편집자가 앞뒤 문맥을 적당히 추려서 소설을 쓰다시피 한 책에 '역자: 나이스번역협회 김먼지 이사'라고 쓰기도 했다. 마찬가지로 없는 단체요, 없는 사람이었다. 당연히 회사가 시켜서 했지만 그래도 내 손으로 한 짓임을 부정할 수는 없다. "어떻게 그런 짓을 해요?"라고 상사에게 대들지 않고 시키는 대로 했으니 내가 한 게 맞다.

사장님은 그렇게 아낀 번역비로 책값을 낮췄다. 그럴듯하게 포장한 이력에 가격까지 저렴한 그 책은 날개 돋친 듯 팔렸고, 책을 사 간 수많은 독자 중 해당 협회나 단체가 실존하느냐에 대한 의문을 제기한 사람은 한 명도 없었다.

안녕하세요, ○○○ 작가님. 저는 △△출판사 기획편집팀의 김먼지입니다. 우선 저희 △△출판사를 애정해주시고 이렇게 귀한 원고까지 보내주셔서 정말 고맙습니다.

보내주신 원고는 감사한 마음으로 검토해보았습니다만, 안타깝게도 저희 출판사의 출간 방향과는 맞지 않는 분야라 계약은 어려울 것 같습니다. 3년 전까지는 여행 에세이를 출간했으나, 현재는 경제경영 및 자기계발 분야로 출간을 집중하고 있습니다.

애써 보내주셨는데 긍정적인 회신을 드리지 못해 죄송합니다. 부디 원고와 더 잘 맞는 출판사를 만나 꼭 출간하시길 바랍니다. 하지만 앞으로도 좋은 기획이 있으시면 언제든 △△출판사의 문을 두드려주십시오. 고맙습니다.

△△출판사 김먼지 드림

돈이
안 되던데요

━━━━/ 심리학 박사의 책을 낸 적이 있다. 미디어에도 종종 얼굴을 비추는 분이고 라디오나 아침 방송의 고정 게스트로도 활동했다. 아무래도 의학 관련 서적이라 엄청난 베스트셀러를 기록하진 않았지만, 그래도 꾸준히 판매가 되어 3쇄까지 찍었다.

그와 다른 기획으로 책을 만들어보고 싶어서 기획서를 들고 찾아갔는데, 기존 도서의 판매량만 물어보곤 입맛을 다시며 이렇게 말했다.

"책이 돈이 별로 안 되더군요. 그냥 방송 한 번 출연하는 게 낫겠어요."

한창 어리바리한 2년 차 시절의 김먼지는 말문이 턱 막혀 한참을 눈알만 굴렸던 것 같다.

지금 돌이켜보면 틀린 말 하나 없다. 책은 돈이 될 수 없다. 인세는 대부분 정가의 10퍼센트다. 책값이 1만 5000원이면 한 권이 팔릴 때마다 저자는 1500원을 번다. 초판 3000부가 전부 팔리면 450만 원이 된다. 적은 돈은 아니지만 단기간에 나오는 수익이 아닐 경우엔 이야기가 달라진다. 3개월에 걸쳐 초판이 소진되었다면 한 달에 책으로 버는 수입은 150만 원, 5개월에 걸쳤다면 90만 원. 그마저도 잘 팔렸을 때의 이야기지 초판에서 그치는 책이라면….

방송 출연으로 돈을 짭짤하게 벌었다면, 큰돈을 주는 대기업 강연을 다녔다면, 그래, 그 정도 인세는 우스웠을 것이다. 다만 아쉬운 것은 그때 그에게 아무 대답도 하지 못하고 돌아온 것이다. 만약 지금의 김먼지가 그 자리에 있었다면, 아마 이렇게 말했을 텐데.

"박사님! 이 책이 당장 큰돈은 벌어다주진 못하겠지만, 오랫동안 박사님만의 가치 있는 콘텐츠로 기억되게 해줄 거예요. 방송으로 소비되는 이미지의 수명은 아주 짧습니다. 하지만 책은 그렇지 않아요. 책은 먼 훗날에도 박사님이라는 사람을 기억하게 해줄 겁니다."

나쁜 점만
있는 건 아닌데

▰▰◢ 편집자는 좋은 직업일까. 온종일 컴퓨터 앞에 붙어 있어야 하니 당연히 눈이 나빠지고, 구부정한 자세로 몇 시간씩 앉아 교정을 보다 보니 허리나 골반이 틀어지기 일쑤다. 교정지에 손가락 여기저기를 베이는 것쯤은 이젠 아무렇지 않을 것 같지만 여전히 쓰라리다. 건조한 사무실에서 오랫동안 일을 하니 안구건조증은 기본이요, 없던 비염도 생길 지경이다. 커피를 달고 사니 위염도 따라붙고, 변비나 장 트러블도 떠날 생각을 않는다. 히유, 이거 산재 처리 해주나?

어쩌다 보니 이 책에 자꾸 일에 대한 나쁜 이야기만 쓰게 되고, 쓰다 보니 괜히 그만두고 싶어지고 막 그런다. 하지만 난 8년째 버티고 있고, 거기엔 다 이유가 있겠지. 출판사에서 책을 만드는 데 꼭 나쁜 점만 있는 건 아니다.

예를 들면, 출판사에서 일하면 사람들이 다 멋있다고 말한다(실제로는 전혀 멋있지 않지만). 일한 결과물이 분명히 나오는지라 보람도 있다(보람 없는 책도 많지만). 학창시절부터 존경하던 작가님을 직접 만날 기회도 있다(그 작가님조차 원고를 제때 안 주시지만). 오래 일할수록 경험이 쌓여 인정을 받는다(오래 일하고 싶지 않은 게 문제지만). 상황에 따라 프리랜서로도 전향하기가 쉽다(프리랜서가 이미 차고 넘치지만).

음, 더 생각해내고 싶은데 생각이 잘 안 난다. 분명이유가 있겠지. 그냥 그렇게 믿고 일이나 하련다.

이상한 나라의
출판사

━━━◢ 출판사에서 일하며 만난(혹은 전해 들은) 이상한 사람들에 대해 적어보겠다.

1. 어르신, 죄송합니다

손으로 직접 쓴 원고지 뭉치를 서류가방 가득 들고 방문하신 할아버지가 계셨다. 붓펜으로 어찌나 흘려 쓰셨는지 한글인지 한자인지도 알아보기 어려웠다. 할아버지는 이 무협소설이 무려 5만 부짜리 베스트셀러가 될 거라고 큰소리쳤지만, 우리는 타이핑 알바를 따로 뽑을 수 없다는 명분으로 정중히 배웅해드려야 했다.

2. 저도 무서워요

누군가 다짜고짜 출판사 문을 두드리기에 열었더니

방금 산에서 내려온 듯 남루한 의상에 수염까지 덥수룩하게 기른 도인 한 명이 서 있었다. 그는 작은 USB를 건네며 여기에 현 정부(MB 시절)의 모든 비리가 담겨 있다고 했다. 이걸 책으로 출간하려다가 자신은 쫓기는 신세가 되었고, 도청의 위험 때문에 휴대전화도 없애버렸으니 원고를 보고 나면 자신의 이메일로 연락을 달라고 했다. 이 USB를 꽂는 순간 그 컴퓨터도 분명 정부로부터 해킹을 당할 테니 조심하라는 당부도 잊지 않았다. 그가 돌아간 뒤, 아무도 그 USB를 확인하지 않았다. 정말로 바이러스가 심겨 있을까 봐 겁이 나서.

3. 으앙, 이게 더 무서워

어느 출판사 사장님은 전 직원이 함께하는 월요 회의 시간마다 타깃을 한 명 정한 뒤 모두의 앞에서 살벌한 폭언을 쏟아붓곤 했다. 숨조차 제대로 쉴 수 없는 분위기에서 어느 심약한 여직원은 자신을 향한 눈빛도 아닌데도 숨이 막혀 그만 졸도해버렸다.

4. 이건 마약베개가 아니잖아요

자신의 책을 제대로 홍보해달라며 마케팅 기획안을

요구한 작가님. 요즘 유행하는 '마약베개' 광고처럼(베개와 베개 사이에 날달걀을 넣고 그 위에 사람이 올라서도 달걀이 깨지지 않는 것을 증명하는 실험 영상) 자극적인 영상으로 만들어 SNS에 뿌리라는 것이다. 작가님, 이건 책인데요…. 이 책에 담긴 뜨거운 열정으로 달걀 프라이라도 해야 하나 한참 고민했더랬다.

5. 지금부터 낭독회를 시작합니다

출판사 대표가 회의실에 빔 프로젝트를 설치한 뒤 직원들을 불러 모았다. 그는 디자이너가 작업하던 모니터를 흰 벽에 띄운 뒤 원고가 조판된 인디자인 파일을 열게 했다. 그러고는 에디터 한 사람씩 돌아가며 원고를 한 문장씩 읽게 하는 것이 아닌가. 눈으로 보기만 해서는 비문을 제대로 잡을 수 없으니 소리 내어 읽으며 문장이 이상한지 이상하지 않은지 교정을 보라는 대표의 깊은 뜻이 담긴 처사였다. 디자이너는 뭘 했느냐고? 지루한 표정으로 스크롤바를 내리며 자장가 같은 낭독을 듣다가, 즉석에서 고칠 문장이 생기면 곧장 수정을 하는 것이 그의 임무였다.

6. 수상한 텀블러

기이한 낭독회를 연 바로 그 출판사의 어느 편집자는 정말 과하다 싶을 정도로 일이 많았다. 내가 출근할 때도 그 자리에, 퇴근할 때도 그 자리에 있었다. 평소에도 옷이 잘 바뀌지 않아 집에 들어갔는지 안 들어갔는지 확인할 길이 없었다. 건강이 염려될 지경이었으나 묘하게 풀린 눈을 해도 언제나 미소만은 잃지 않았다. 그 회사를 떠나고도 한참 후에야 그녀가 항상 텀블러에 빨대를 꽂아 맛있게 마시던 음료가 소주라는 사실을 알게 되었다. 그녀는 지금도 그 출판사에 다니고 있을까, 텀블러도 여전할까, 혹시 취해 있느라 퇴사조차 못하게 된 건 아닐는지….

파본의 기분

잠이 오지 않는 새벽, 아껴두었던 책을 꺼냈다. 비닐로 꽁꽁 랩핑까지 되어 있던 새 책을 방금 뜯은 것인데, 처음부터 끝까지 모든 페이지 하단에 선명하게 접었다 편 듯한 구김이 있었다. 아마도 제본 과정에서 생긴 파본(破本)인 것 같았다. 출판사에 전화를 하거나 구입한 서점에 따져서 새 책으로 교환할 수도 있지만, 그렇게 하지 않기로 했다.

출판사에서 책을 만들다 보면 파본이 나오는 일은 사실 흔하다. 여러 사람이 하는 일이다 보니 실수는 어디서나 발생한다. 다만 얼마나 심각한 상태의 파본이냐, 그리고 얼마나 많은 양의 파본이냐가 문제다. 애초에 출판사에서 넘긴 데이터가 잘못되어 인쇄가 이상하게 되는 경우도 있고, 재단 사이즈가 맞지 않을 때도 있다.

표지와 본문이 거꾸로 제본된 아찔한 사고도 있었고, 중간에 16페이지가량의 본문이 통째로 빠진 채 제작된 것도 있었다. 무엇보다 중요한 것은 파본의 발견 시기인데, 만약 이미 인쇄와 제본까지 완료된 상태에서 책이 잘못되었음을 발견한다면, 심지어 그 상태나 수량이 치명적인 수준이라면 몇백만, 몇천만 원의 손해를 감수하고서라도 전량 폐기 후 다시 제작해야 한다. 이보다 더 끔찍한 것은, 이미 유통이 된 상태에서 파본이 있음을 알게 되는 순간이다. 대체 이놈의 파본이 몇 부나 서점에 깔려 있는 것인지 파악조차 되지 않아 등골이 서늘해진다. 서점 몇 군데를 직접 찾아가 해당 페이지를 일일이 펼쳐보며 체크한 적도 있다.

어쩌다 파본을 받은 독자들은 주로 출판사에 전화를 해서 따지는데, 그러면 우리는 구입하신 서점에서 교환이 가능하다고 친절하게 안내해드리지만 그것만으로는 성이 차지 않는지 다른 책을 추가로 요구한다거나, 문화상품권 같은 것을 달라고 큰소리치는 독자도 있다. 하지만 잘못된 책을 받은 독자의 기분을 알기에 출판사는 그 파본이 누구의 책임이건 죄인이 되기로 한다. 이쯤 되면 책이 파본인지 출판사가 파본인지 아니면 내가 파본인지 헷갈릴 지경이다.

내게로 온 파본은 하단이 조금 구겨진 채 제본되었다. 내 마음에도 그와 비슷한 구김이 있는 것 같아 뜨끔한 새벽을 보냈다. 그리고 그 파본, 아니 그 책은 아주 재미있었다.

먼지 : 네, △△출판사 김먼지입니다.

독자 : 저어… 내가 『인생의 마지막에 읽는 책』이라는 걸 샀는데, 이게 찢어져서 왔소.

먼지 : …저기, 어르신.

독자 : 예?

먼지 : ○○동에 사시는 어르신 맞으시죠?

독자 : ….

먼지 : 지난번에도 저희 출판사에 전화해서 책 받아가셨어요. 공짜로요. 그런데 어르신, 그거 '중고나라'에 파신다면서요? 출판사에 소문 이미 많이 난 거 아세요?

독자 : 허허허, 내가 돈이 없어서 그랬어요. 미안합니다!

먼지 : 다시는 그러지 마세요, 어르신.

독자 : 내가 이다음에 꼭 갚겠습니다! 허허허!

뭐 하냐, 나 지금

━━━✦ 산과 가까운 곳에 흙집을 짓고 풀꽃을 관찰하며 글을 쓰는 어느 작가님을 만나러 갔다. 새로운 원고를 받고 싶어서였다. 그는 이제 아이들을 위한 아름답고 예쁜 글을 쓰고 싶다고 했다. 나는 잘 팔리는 책을 만들어야 한다며 고개를 저었다. 결국 들고 간 계약서에는 도장을 받지 못했다.

집으로 돌아오는 기차 안에서 나는 울 자격조차 없다고 느껴져 그저 입술만 깨물었다. 행복하지 않았다. 조금도.

아무도 내게
야근하라고 한 적 없다

아픈 허리 부여잡고 찌뿌둥한 기분으로 정신없이 일하다 보면 퇴근 시간은 정말 금방 찾아오지만, 실은 그렇게 반갑지 않다. 남은 일이 아직도 많기 때문이다. 아무도 나에게 야근하라고 강요한 적 없지만, 나는 일을 더 해야만 한다. 어쩌다가 이렇게 되어버렸을까, 어디서부터 잘못되었을까.

회사를 여러 번 옮겨봤지만 어디든 똑같았다. 작은 출판사에서 일하다 보니 정말 많은 업무를 혼자 감당해야 한다. 심지어 남의 일까지 대신 해줘야 할 때도 있다. 저자와 일정을 조율해서 미팅을 잡는다거나, 거래처에 팩스를 보낸다거나, 독자와 통화를 한다거나, 서평단에 보낼 택배를 포장한다거나…. 어려운 일도 아니고, 오랜 시간이 걸리는 일도 아닌데 한나절이 훌쩍 가버린다. 그러고 나면 마침내 진짜 할 일들—교정을 보거나 기획안을 쓰는—이 남게 되는 것이다. (물론 거래처에 팩스를 보내고 독자와 통화를 하고 택배를 포장하는 것 역시 진짜 내 일이긴 하다.)

언제부터인가 야근이 생활화되기 시작했다. 자발적 야근이라고 하기엔 억울한 면이 있지만, 뭐 틀린 말도 아니다. 어릴 땐 멋모르고 일을 가지고 집에 간 적도 있다. 가방 속에서 한 번도 나온 적 없는 교정지를 이튿날 그대로 들고 다시 출근하기를 몇 차례 반복한 이후부터는 그것마저 그만두었다. 차라리 야근을 하자. 집에 일찍 가봤자 군것질하면서 드라마나 보다가 잠들어버리겠지. 그럴 바엔 오늘 조금 더 해놓자. 내일 친구랑 약속이 있으니 오늘은 막차 시간까지 하다가 내일 칼퇴근을 하자. 다음 주에 휴가 냈으니까 이번 주는 특별히 더 빡쎄게 해야겠군. 뭐 이런 식이다.

한번은 이런 일도 있었다. 엄마가 운전하는 차 조수석에 타고 있었는데, 신호 대기 중에 뒤차가 우리 차에 살짝 뽀뽀(?)를 했다. "쿵" 보다는 "콩"에 가까운 경미한 접촉 사고였다. 엄마도 나도 조금 놀라긴 했지만, 다행히 크게 다치거나 하진 않았다. 차는 뒤쪽 범퍼에 스크래치가 났다. 급한 볼일이 있어 상대방 명함만 받고 헤어졌는데, 나중에 알아보니 정황상 100퍼센트 저쪽의 과실이라고 했다. 그 말인 즉 '나이롱환자'가 될 절호의 기회라는 뜻! 안 그래도 며칠 전 아는 언니가 비슷한 사고를 당했는데, 한방병원에 입원해 치료를 하고 합의금으로 200만 원이나 받았다는 이야기를 들은 터였다. 편안하게 며칠 쉬면서 돈까지 벌 수 있다니, 놓칠 수 없는 기회가 아닌가.

하지만 나는 결국 입원하지 못했다. 별로 아프지도 않은데 돈을 노리고 입원하는 것에 대한 양심의 가책 때문은 아니고, 그렇게 며칠 회사를 쉬고 나면 밀린 업무 뒷감당하는 게 정신건강에 더 해로울 것 같아서. 나의 쉼으로 인해 일정은 분명 틀어질 것이고, 매출에 문제가 생길 게 뻔했다. 그러면 나는 또 혼자서 끙끙 앓으며 이리저리 빌고 또 빌고… 으, 그냥 그 돈 안 받고 말지.

대표님은 내가 이렇게 충성스러운 직원이라는 걸 알까? 연봉 협상을 할 때 관련 자료라도 제출해야겠다. 에휴, 사는 게 뭐 이래. 정말 재미없다.

오 마이 노쇼!

▰▰▰◢ 비행기나 호텔, 식당 등에 예약을 걸어두고 아무런 연락도 없이 예약 날짜에 나타나지 않는 고객을 '노쇼(No-Show)'라 부른다. 특히 식당에 단체 손님 예약을 해놓고 테이블 및 음식 세팅까지 마쳤는데 정작 아무도 오지 않아 엄청난 피해를 입은 사례가 언론을 통해 알려져 있다. 심지어 식당 사장에게 앙심을 품은 고객이 고의적으로 노쇼를 계획했다는 이야기도 들었다. 으, 생각만 해도 속상하다. 나 역시 일을 하다 보면 종종 그런 사람을 만난다. 저자 중에도 노쇼가 있다.

저자 노쇼는 두 가지 유형으로 나뉜다. 가장 흔한 타입은 약속한 날짜에 원고를 주지 않는 사람이다. 출간 일정을 세우고 마감 날짜를 정해 매달 일정한 매출 계획을 세워야 하는 입장에서 원고가 들어오지 않으면 정말 발을 동동 구르게 된다. 교정은 내가 밤을 새워 보면 되고, 디자인은 디자이너에게 밤을 새워달라고 싹싹 빌면 된다. 원고만 있다면 어떻게든 시간은 맞출 수 있을 것 같은데… 제일 중요한 원고가 없다.

"작가님, 제가 재촉하는 건 아니고요. (아니긴 뭐가 아니야.) 혹시 언제쯤 마무리할 예정이세요?"

"작가님, 오늘 원고 주시는 것 맞죠?"

"작가님, 원고는 아직인가요?"

"작가님, 언제쯤 원고가 들어올까요?"

"저기, 작가님? 듣고 계시죠?"

저자는 계약과 동시에 빚을 떠안게 되는데, 이름하여 '글빚'이다. 편집자는 그 빚을 받아내야 하는 채권자인 셈이다. 원고 독촉은 정말이지 괴로운 업무다. 내가 나쁜 사람이 되는 기분이다. 마치 재개발을 앞둔 판자촌에 투입된 용역직원이 된 것 같다. 심지어 아프다거나 집안에 안 좋은 일이 있다거나 외장하드를 통째로 날렸다거나 하는 슬픈 이유를 댄다면, 사실 여부도 가릴 수 없을 뿐더러 공격적으로 독촉할 수도 없다. 그런데 실은, 약속을 지키지 못해 그저 핑계를 대는 저자도 아주 많다. 들키지나 말지. 세상이 좋아진 까닭에 저자의 SNS나 카

카오톡 프로필 사진 등을 통해 현재 그의 상황을 어림짐 작할 수 있는 게 문제다.

'어라, 내 원고는 안 주고 여행을 갔다 이거지?'

'헐, 우리 출판사에는 아직 원고도 안 줬는데 다른 출 판사에서 책이 나왔어?'

'열 받네, 이걸 확 캡처해서 보내?'

더 심한 상황은 저자가 잠수를 타는 경우다. 아예 전 화를 피해버리는 것이다. 차라리 솔직하게 아직 못 썼다 고, 출간 일정을 조금 미루자고 말해주면 좋으련만 그게 민망한 건지 어쩐 건지 좀체 입을 열지 않는다. 심지어 거의 마무리된 상태의 원고를 저자가 최종적으로 확인 만 하면 되는 시기에 며칠씩이나 미뤄지고 늦어진다면, 미리 잡아둔 오프라인 서점 진열 광고라든가 예약 걸어 둔 인쇄소 일정이 꼬여버리는 최악의 상황이 발생한다. 아아, 원망스러운 노쇼 저자여! 정말 어디 아무도 모르 는 곳에 가둬두고 군만두만 주면서라도 원고를 받아내 고 싶은 심정이다.

최근에 읽은 한 에세이에는 '소설가가 원고를 끝내지 못한 상황에서 마감을 피하는 방법'에 대한 이야기가 실 려 있었다. 마감일에 편집자에게 "늦어서 죄송합니다.

마감을 했으니 저는 이제 며칠 여행을 떠나겠습니다. 수고하셨습니다."라고 메일을 보내는 것이다. 단, 첨부파일 없이! 그러면 메일을 읽은 담당 편집자는 원고가 없다고 연락을 할 것이고, 작가는 '실수로 누락이 되어버린 모양인데, 이미 여행을 왔으니 보낼 수가 없다'고 둘러대며 시간을 벌게 된다는 것이다. 흐아, 그럴 듯하고 재미있는 에피소드지만 실제로 이런 작가가 있다고 생각하면 정말 아찔해진다. (써먹지 마세요, 제발!)

한편, 나는 또 다른 유형의 노쇼도 경험한 적이 있다.

"이날 책이 나오면 바로 방송에 띄울 수 있어요. 이때까지만 꼭 부탁드려요!"

책이 미디어에 노출되는 것만큼 좋은 홍보 수단도 없다. 원원의 기회가 온 것이다. 다만 문제는 저자가 요청한 날짜가 민족 대명절 추석 바로 다음 주라는 것. 책임 편집자인 나는 눈물을 삼키며 길고 긴 추석 연휴 내내 사무실에서 교정지와 씨름을 해야 했다. 나 혼자 고생한다고 나오는 책이 아니니 디자이너에게 사정하면서, 인쇄소에 호소하면서, 이를 부득부득 갈면서.

그런데 망할 저자가 노쇼였다. 약속한 날짜에 책을 찍어냈으나 저자는 개인적인 사정으로 그날 방송에 나가지 못하게 되었다고 했다. 심지어 500명을 모아 출간 기념 강연회를 하고 현장에서 책을 팔겠다던 호언장담이 무색하게, 듬성듬성한 그날의 세미나실은 유난히도 쓸쓸해 보였다. 그렇게 나는 남들 다 해외로 떠난 그 귀중한 황금연휴를 사무실 쓰레기통에 구겨서 버린 셈이 되었다. 그 책은 결국 초판만 간신히 소진한 뒤 절판되었다.

책이 눕는다

김수영 시인의 시 「풀」의 일부를 살짝 바꾸어 읊어보겠다.

책이 눕는다
바람보다도 더 빨리 눕는다
바람보다도 더 빨리 울고
바람보다 먼저 일어난다

대형서점에는 무수히 많은 책이 있다. 어떤 책은 표지를 자랑스레 내보이며 누워 있는가 하면, 가느다란 책등만 간신히 드러낸 채 책꽂이에 꽂혀 있는 책도 있다. 모름지기 책은 누워야 사는 법이다. 한 번이라도 더 독자의 눈에 들기 위해, 한 권이라도 더 팔리기 위해 책은 누워야 한다.

그렇다면 어떻게 '누울 자리'를 마련할 수 있을까. 실은 '돈'이다. 서점에서 책이 누워 있는 평대는 대부분 출판사가 돈을 주고 구매하는 광고 매대다. 그러고 보면 책에도 금수저가 있는 것 같다. 베스트셀러를 만드는 꼼수(사재기)도, 책을 눕히는 일도 다 돈이 있어야 가능하다. 내가 만든 책들에게 갑자기 미안해진다. 엄마가 흙이라서 미안해.

눕기만 한다고 다 베스트셀러가 되는 것도 아니다. 그렇다면 사채를 써서라도 베스트셀러로 만들겠지. 한 출판사 대표는 '베스트셀러는 신이 내리는 것'이라고 했다. 그만큼 어렵다는 얘기다. 타이밍도 좋아야 하고 운도 따라야 한다. 출판사에 원고를 투고하는 예비 저자들은 저마다 자기가 베스트셀러를 낼 작가라고 호언장담한다. 책을 팔아 굉장히 짭짤한 인세를 받을 줄 안다. 하지만 인세로 부자가 되는 작가는 극히 드물다. 음, 적어도 혜민 스님 정도는 되어야겠지?

사실 나는 알고 있다. 진짜로 확실하게 베스트셀러를 만드는 비법. 성공률은 99퍼센트다. 그게 뭐냐고? 바로 아이돌 스타가 자신의 인스타그램에 책을 올리거나 많은

이에게 존경받는 지식인이 텔레비전에 나와 추천하는 것. 실제로 이런 일이 일어나 폐업 직전의 출판사가 갑자기 건물을 세우기도 했다.

직업을 바꿔야겠다. 아이돌이 되긴 글렀으니 아이돌을 키워라도 봐야지. 내 아이돌이 인스타그램에 올릴 첫 책은 바로『책갈피의 기분』이 될 것이다. 유후!

중쇄를
찍으려면

■■■■◢ 출판계에서 사용하는 용어 중에는 일본어가 꽤
많다. 예를 들어 쪽수가 쓰여 있는 본문 하단 부분은
'하시라', 본문에서 파트를 구분하는 장은 '도비라'라고
부른다. 책등을 가리켜 '세네카'라고 하고, 인쇄할 때 판
위에 본문을 일정하게 배열하는 것을 '하리꼬미'라고 한
다. 일본의 출판 및 인쇄 기술이 우리나라에 넘어오면서
자연스럽게 용어도 함께 쓰게 되었다고 한다. 신입 때
용어가 헷갈려서 얼마나 애를 먹었는지 모른다. 여하튼
일본은 일찍부터 출판 선진국이었다. 출판사도 많고 서
점도 많다. 책은 더 많다.

〈중쇄를 찍자!〉라는 일본 드라마가 있다. 원작은 만화
책인데, 만화 주간지 편집부에서 일어나는 이야기를 다
루고 있다. 사람들이 하도 추천을 하기에 같은 출판편집

인의 이야기라서 그런 줄 알았더니, 드라마 속 여주인공 캐릭터가 나랑 비슷하다나. 드라마를 보니 패기 넘치고 웃음도 많은 신입 편집자 코코로의 모습이 정말이지 예전의 나를 보는 듯했다. 지금의 김먼지 말고, 8년 전 김먼지 말이다.

대체로 재미있게 보았는데, 특히 6화가 아주 오랫동안 기억에 남았다. 오직 잘 팔리는 책에만 집착하고, 앞으로의 '가능성'보다는 당장의 '상품성'만을 중요하게 여기고, 돈 되는 기획이라면 저자를 무시하거나 혹사시키는 일도 마다하지 않는 편집자 '야스이'의 에피소드다. 야스이는 오후 6시만 되면 칼같이 퇴근한다. 그다지 애사심이 있는 것 같지도 않고, 말투며 표정도 냉랭하다. 이리저리 뛰어다니며 신인 저자를 발굴하고, 저자와 깊은 유대 관계를 맺으려 애쓰는 여주인공과는 기가 막히게 대조되는 캐릭터다.

그런데 이런 야스이도 과거에는 누구보다 열정적으로 만화를 기획하고 책을 만들던 사람이었다. 밤이고 주말이고 가리지 않고 저자들을 찾아다니며 수발을 들고, 언젠가 꼭 대박을 내리라는 꿈을 꾸며 즐거이 일을 했었는데, 판매량이 좋지 않아 잡지가 폐간된 것이다. 그동안 좋은 관계를 맺었던 저자들은 일거리를 잃게 되자 야스이를 원망했고, 설상가상으로 아내는 가정을 돌보지 않는다며 이혼까지 요구했다. 편집자나 저자가 죽어라고 애를 써도, 아무리 가능성이 있는 작품이어도, 당장 판매가 되지 않으면 결국 아무것도 아니라는 사실을 깨달은 야스이는 그때부터 변하기 시작했다.

가장 인상적인 장면은 6화 마지막 무렵이었다. 야스이의 과거사까지 모두 알고 있는 편집장은 책의 상품성에만 집착하는 그에게 고맙다고 말한다.

"야스이, 자네가 늘 확실하게 잘 팔리는 책을 만들어주기 때문에 다른 편집자들이 신인을 발굴하는 모험도 할 수 있는 거야. 항상 고맙다."

그랬다. 열정적인 신입 코코로가 저자를 발굴하는 모험을 할 수 있었던 것은 야스이의 덕이었다. 코코로는 야스이의 태도를 비난했지만, 결국 아무도 그를 비난할 자격이 없었던 것이다.

이 드라마를 보며 좋은 출판사, 좋은 편집자 그리고 좋은 책에 대해 정말 많이 생각했다. 꿈과 이상만 가지고는 아무것도 할 수 없는 건 김먼지도 마찬가지라서 더 오래 여운이 남았던 것 같다. 나도 만들고 싶은 멋진 책들이 있다. 하지만 다 만들 수 없다. 그중에서 팔릴 만한 것만 만들어야 하고, 내 마음에 들지 않는 책이어도 잘 팔린다는 확신이 있다면 만들어야 한다. 출판사는 돈을 벌어야 하니까. 그래야 나도 월급을 받을 수 있으니까. 언제쯤 만들고 싶은 책을 마음껏 만들 수 있을까.

공자가 말하길 "나는 열다섯 살에 학문에 뜻을 두었고, 서른 살에는 자립을 했고, 마흔 살에는 흔들리지 않았고, 쉰 살이 되어서는 하늘의 뜻을 알게 되었고, 예순 살에는 귀가 순해졌으며, 일흔 살이 되어서는 내 마음이 원하는 바를 따라도 그 도리를 벗어나지 않게 되었다."

(子曰: 吾十有五而志于學, 三十而立, 四十而不惑, 五十而知天命, 六十而耳順, 七十而從心所欲, 不踰矩。)

『논어』에서 가장 좋아하는 부분이다. 이 구절을 읽을 때마다 생각한다. 혹시 일흔 살쯤 되면 내가 만들고 싶은 책을 마음껏 만들어도 크게 어긋나지 않을까, 하고. 그나저나 일흔 살에도 나는 편집자로 일하고 있을까. 그 나이가 되어도 편집자는 여전히 '을'일까.

그럼에도 불구하고
책을 만듭니다

▰▰▰▰◢ 정말이지 너무한 날들이 잇달아 찾아오는 시기가 있다. 대체 어디서부터 꼬여버린 걸까, 싶을 만큼 살인적인 스케줄을 감당해야 하는 때. 신간 마감이 며칠 간격으로 잡혔을 때라든가, 출간 이후 전국구 스케일의 저자 강연회를 따라다님과 동시에 다른 원고의 교정을 봐야 한다든가, 시리즈물을 한 번에 제작해야 한다든가….

그럴 때마다 나는 온갖 질병에 시달린다. 제때 잠을 자지 못하니 신경이 예민해지고, 끼니를 거르다 보니 위염이 도진다. 도저히 견딜 수 없을 정도가 되면 회사 근처 병원에서 수액을 맞고 다시 돌아와 야근을 한다. 오죽하면 나의 고용주마저 안쓰럽게 여기시어 "먼지 씨, 도저히 안 되겠으면 출간 미루지?"라든가 "상태 안 좋아

보이는데 오늘은 이만 들어가 쉬는 게 어때?" 같은 회유책을 쓸 정도다. 이쯤 되면 다른 사람이 그렇게 말하지 않아도, 이미 나 자신과의 대화에선 여러 차례 일을 때려치울까 말까 갈등을 빚은 상태다. 하지만 이번에도 나는 고개를 저을 수밖에 없다.

약속이니까.

나를 믿고 원고를 준 작가님과의 약속을 지켜야 하기 때문에 나는 이 고생을 하면서도 쉴 수가 없다. 책이 독자들의 사랑을 조금이라도 더 받으려면 지금 꼭 나와야 하니까. 아예 이 업계를 떠나 해외로 도피하고 싶을 만큼 힘든 날일지라도 잔뜩 계약된 출간 리스트를 보면 작가 한 사람 한 사람의 얼굴이 눈앞에 떠오른다. 정말 재미있을 것 같은, 정말 가치 있을 것 같은 기획이라 확신하고 계약서를 내밀던 당시의 내 모습도 기억난다. 그러고는 '나만큼 이 책에 애정을 지닌 사람이 또 있을까' 하는 생각에 그냥 눈물 한 번 쓱 닦고 참는 것이다. 그래, 행복하지는 않다. 솔직히 말하면 불행에 더 가깝다.

그렇지만, 그래도, 그럼에도 불구하고.

나는 차마 이 출판사를 떠나지 못하고 오늘도 책을 만든다. 박 터지게 싸우고, 등 터지게 싸움을 말리기도 하고, 싹싹 빌기도 하면서. 커피, 핫식스, 레드불에 수액까지 맞아가면서. 이러다 지박령이라도 되는 건 아닐까. 책이든 출판사든 작가든, 편집자에겐 그야말로 애증의 대상일 수밖에 없다. 언제나 마음속에 사직서를 품고 사는 어쩔 수 없는 이 시대 직장인이지만, 쉽사리 제출하진 않을 예정이다.

편집자의 폴더

김먼지의 기분_외서저작권 계약서.pdf

김먼지의 기분_원서.word

김먼지의 기분_출간일정표.xls

김먼지의 기분_번역 완료_더스트에이전시.word

김먼지의 기분_편집기획안.hwp

김먼지의 기분_콘셉트 회의용 자료.hwp

김먼지의 기분_본문 PC교정 완료.hwp

김먼지의 기분_제목카피 회의 1차.hwp

김먼지의 기분_차례 정리.hwp

김먼지의 기분_본문디자인 시안 발주서.hwp

김먼지의 기분_본문디자인 시안용 샘플 원고.hwp

김먼지의 기분_제목카피 회의 2차.hwp

김먼지의 기분_제목카피 회의 3차.hwp

김먼지의 기분_본문디자인 시안 1차.pdf

김먼지의 기분_본문디자인 시안 2차.pdf

김먼지의 기분_본문디자인 시안 최종.pdf

김먼지의 기분_제목카피 회의 4차.hwp

김먼지의 기분_본문조판 완료.pdf

김먼지의 기분_본문 2교 반영 완료.pdf

김먼지의 기분_표지디자인 시안 발주서.hwp

김먼지의 기분_표1 문구.hwp

김먼지의 기분_표지디자인 시안 발주서.hwp

김먼지의 기분_저자소개글.txt

김먼지의 기분_추천사.txt

김먼지의 기분_표지디자인 시안 1차.pdf

김먼지의 기분_표지디자인 시안 2차.pdf

김먼지의 기분_저자소개글 추가입고.txt

김먼지의 기분_표지디자인 시안 2차-수정.pdf

김먼지의 기분_표지디자인 시안 3차.pdf

김먼지의 기분_표지디자인 시안 최종.jpg

김먼지의 기분_표지디자인 시안 최종최종.jpg

김먼지의 기분_마케팅 기획안.hwp

김먼지의 기분_본문 3교 수정사항 체크.txt

김먼지의 기분_본문 3교 반영 완료.pdf

김먼지의 기분_표지문안.hwp

김먼지의 기분_isbn바코드.eps

김먼지의 기분_표지 대지.pdf

김먼지의 기분_표지 대지 수정.pdf

김먼지의 기분_표지 대지 최종.pdf

김먼지의 기분_표지 후가공.pdf

김먼지의 기분_본문 최종.pdf

김먼지의 기분_본문 최종다시.pdf

김먼지의 기분_표지 대지 최종최종.pdf

김먼지의 기분_표지 대지 최종최종최종.pdf

김먼지의 기분_제작발주서.xls

김먼지의 기분_편집배열표.xls

김먼지의 기분_CTP 표지.pdf

김먼지의 기분_CTP 본문.pdf

김먼지의 기분_본문 수정페이지_24쪽.pdf

김먼지의 기분_보도자료_서점용.hwp

김먼지의 기분_보도자료_언론용.hwp

김먼지의 기분_표지평면.jpg

김먼지의 기분_표지입체.jpg

김먼지의 기분_상세이미지.jpg

김먼지의 기분_북피알릴리즈.hwp

김먼지의 기분_납본의뢰서.hwp

김먼지의 기분_전자책 발주서.xls

김먼지의 기분_이벤트페이지 문구.hwp

김먼지의 기분_출간기념이벤트_교보.zip

김먼지의 기분_출간기념이벤트_예스.zip

김먼지의 기분_출간기념이벤트_알라.zip

김먼지의 기분_출간기념이벤트_인터.zip

김먼지의 기분_서평단.xls

김먼지의 기분_지출결의서.xls

최종.pdf

최종최종.pdf

최종최최종.pdf

진짜최종최종최최종.pdf

진짜레알최종최종최최종.pdf

진짜레알마지막최종최종최최종.pdf

4부

테이블야자가
죽었다

이 장의 제목은 잘못되었다. '테이블야자를 죽였다'가 맞다. 내가 죽였다. 이로써 이 책의 작가가 밝혀지면 안 되는 이유가 생겼다. 내가 죽인 테이블야자는 어느 작가님에게 선물로 받은 것이기 때문이다.

어느 날, 작가님의 가게에서 디자인 관련 미팅을 마치고 자리에서 일어서려는데 그녀가 나를 붙잡았다.

"저어, 드릴 게 있어요."

그녀는 커다란 쇼핑백을 수줍게 내밀었다. 그 안에는 그녀처럼 여리고 푸르른 화분 하나가 수줍게 담겨 있었다.

"테이블야자라는 식물이에요. 저기 입구 쪽에 있는 커다란 녀석 보이죠? 너무 많이 자라서 이번에 분갈이했거든요. 이 토분도 엄청 예쁘죠? 제가 직접 골라서 심은 거예요."

멀쩡한 식물 죽이기에 일가견이 있는 나이기에 화분을 받기까지 꽤 망설였다. 그 키우기 쉽다는 선인장들도 내 앞에선 모두 눈을 감았다. 그렇다고 정성껏 키운 아이를 예쁜 토분에 분갈이해 건넨 그녀의 정성을 뿌리칠 명분 같은 건 찾을 수 없었다.

"작가님, 그런데 제가 식물을 잘 못 키워서요."

"테이블야자는 진짜 키우기 쉬워요! 흙이 바싹 마르면 한 번씩 물만 흠뻑 주세요. 잘 죽지도 않고 공기도 정화해주는 식물이에요."

그런데 그 기특한 녀석을 기어이 내가 죽인 것이다. 어쩔 수 없었다는 자위조차 할 수 없다. 다분히 고의적이었으니까.

처음엔 애틋한 마음으로 사무실 내 자리 바로 뒤에 있는 책장에 올려두고 수시로 바라보았다. 건조한 종이들 사이에 거주하며 하루하루 말라가던 나였는데, 아무래도 보드랍고 푸른 존재가 눈에 보이니까 마음도 편해지고 기분 전환이 되는 것 같았다. 흙이 말랐는지 손으로 만져보며 체크를 하고, 공기 중에 수분이 있으면 좋다기에 분무기도 사서 미스트처럼 뿌려주었다.

하지만 애정은 그리 오래가지 않았다. 차라리 매일 물만 주는 것이라면 습관적으로 할 수도 있었을 텐데, 날마다 세심하게 흙의 수분 변화를 관찰하고 관리해야 하니 여간 번거로운 것이 아니었다. 나는 인내심도 집중력도 부족한 편집자였다. 그나마 있는 인내심은 저자와 실랑이할 때 써야 했고, 집중력은 최종교 볼 때를 위해 아껴두어야 했다. 우선순위에서 밀린 테이블야자의 존재는 차츰 잊히기 시작했다.

그렇게 며칠이 흘렀다. 언제나처럼 마감이 코앞에 닥친 어느 날. 제작발주서를 팩스로 보내고 막 뒤돌아서는데 오랜만에 테이블야자와 눈이 딱 마주쳤다. 굳이 만져보지 않아도, 눈으로 충분히 파악할 수 있을 만큼 바싹 말라버린 흙. 본능적으로 느낄 수 있었다. 녀석이 얼마나 목말라하고 있으며, 바로 지금이 물을 주어야 할 타이밍이란 걸.

나는 탕비실로 달려가 물을 떠 오는 대신, 발주서를 파일에 넣은 뒤 다시 자리에 앉아 표지 교정을 보았다. 화가 났다. '괜히' 화가 났다. 어째서 너는 그토록 푸른가, 네 주인은 건어물처럼 딱딱하게 말라가고 있는데. 한들한들 가벼운 잎사귀들이 마치 마감을 앞두고 버거운 압박감에 시달리는 나를 놀리는 것만 같았다.

테이블야자의 원망스러운 눈빛이 등 뒤에 꽂히는 기분이 들었다. 나는 변명이라도 하듯 녀석에게 텔레파시를 보냈다.

'나는 너한테 물을 줄 만큼 한가한 사람이 아니야. 내 목 축일 여유조차 없다고.'

결국, 나는 물을 주지 않았다. 그리고 그쪽으로는 눈길조차 주지 않기로 했다. 테이블야자를 죽이기로 한 것이다.

말라버린 흙이 꼭 비뚤어진 내 마음 같다. 언젠가 내 마음에도 시원한 물을 흠뻑 줄 수 있는 날이 올까.

그녀를
위로해주세요

━━━ "네 글엔 세계관이 없다고… 그때 그 선배가 나한테 그랬잖아. 그래서 나 그날부터 사흘 동안 방에 틀어박혀서 먹지도 않고 책 한 권을 필사만 했어. 엉엉 울면서. 씨발. 그때 내가 얼마나…."

오랫동안 알고 지낸 작가님의 접대 겸 친목 도모를 위해 만난 술자리였다. 말이 작가님이지 그냥 언니 동생하는 가까운 사이였는데도, 그런 모습은 또 처음이었다. 그녀는 술이 들어가자 5년이나 지난 이야기를 털어놓으며 5년 전 그날처럼 꺽꺽대며 울기 시작했다. 세계관을 찾고 싶어서 책과 글에 파묻혀 울고 또 울었지만 지금도 잘 모르겠다고 했다. 글이 잘 안 써지는 것은 물론 괴롭지만, 너무 술술 써지는 것마저도 고통스럽다고 했다.

나는 한 번도 경험해보지 못한 감정이라 어깨까지 들

썩이며 흐느끼는 그녀에게 어떤 말을 해야 할지 몰랐다. 위로의 말을 건네고 싶어 마음속에서 이런저런 단어들을 고르려 애써보았지만, 차라리 침묵하는 것이 낫다는 생각이 들어 입을 다물고 빈 잔만 연거푸 채워주었다.

그녀와 헤어지고 터덜터덜 지하철역으로 걸어가는데 코가 시큰거렸다. 왜 이러지. 기분이 이상했다. 내가 위로의 말을 기어이 골라내지 못한 까닭은, 그 각혈 같은 괴로움이 부러웠기 때문일지도 모른다. 그 눈물에 질투가 났을지도 모른다.

나도, 글을 쓰고 싶었으니까.

나는 내가 그렇게 살 줄 알았다. 대가들의 문학작품을 필사하고, 문체와 세계관을 고민하고, 사라져선 안 되는 인생의 귀중한 가치들과 나만의 목소리를 단어와 문장에 고스란히 담아내며 살 줄 알았다. 이 와중에 조금 사치스러운 단어처럼 느껴지지만, 그래, 그게 나의 '꿈'이었던 것 같다. 그리고 지금 나는 꿈을 이루는 대신 다른 이의 꿈을 위해 한없이 소비되어 닳아 없어지는 중이다.

그날 위로가 필요한 건 내 쪽이었을지도.

독립출판,
제가 한번 해보겠습니다

요즘 출판계에서 가장 힙한 콘텐츠 중 하나는 바로 '독립출판물'이다. 출판사가 아니라 개인이 내는 책. 원고도 디자인도 제작도 직접 하고, 동네 작은 책방에 직접 입고도 하고 판매도 한다. 형식과 내용 면에서 상업출판사를 거치는 것보다 훨씬 자유로운 이야기들이 많이 쏟아지기에 나도 무척 좋아하는 장르다.

독립출판물 중에는 상업출판으로 재탄생한 책도 있다. 내가 다니는 출판사에서도 독립출판을 한 작가와 계약해서 새로이 책을 낸 적이 있고, 이 책『책갈피의 기분』도 실은 그런 케이스다. 괜찮은 콘텐츠가 많은 시장이기에 편집자들은 숨은 원석을 찾는 기분으로 눈을 크게 뜨고 독립출판물들을 주시하고 있다. 자연스럽게 독립서점도 자주 찾는다. 그렇게 시장조사를 하다가 한번은 독립출판을 제작하는 모임이 열린다기에 호기심에 참석한 적이 있다. 아무래도 독립출판을 해보겠다는 마음을 먹었다기보다는, 어떤 사람들이 어떤 콘텐츠를 기획하고 있으며 그 제작 과정은 어떠한지가 궁금했던 것 같다.

그날, 와우산로의 아늑한 책방에 옹기종기 모인 사람들은 자신이 만들고 싶은 책 이야기로 자기소개를 대신했다. 철저한 계획 아래 자발적이고 윤택한 백수의 삶을 선택한 어느 여성분은 매일 쓰고 있는 무려 네 권의 일기장을 책으로 펴내고 싶어 했고, 언론이라는 틀에 갇혀 진짜 목소리를 내지 못하고 있던 기자분은 자신의 진심을 책에 담고 싶어 했다. 대학 시절 당차게 해외로 떠나서 다양한 사람을 만나 인터뷰한 내용을 출간하려는 매력적인 계획도 들을 수 있었다. 직접 쓴 영화의 시나리오를 책으로 만들고 싶은 사람도 있었고, 직접 찍은 사진으로 사진집을 만들고자 하는 사람도 있었다.

오롯이 자신만의 개성과 가치를 한 권의 출판물로 기록하고 싶어 하는 그들은 자기 차례가 되었을 때 조금씩은 쑥스러워했지만 말을 꺼내는 그 순간부터 반짝반짝 빛이 났다. 아직 있지도 않은 원고를 이야기할 때조차 모두가 행복해 보였다. 그 영롱한 눈빛들을 보고 있자니 괜스레 가슴이 뭉클했다.

'책이라는 것은 이토록 사람의 마음을 설레게 하는구나.'

새삼스러웠다. 매일 책을 만지고, 읽고, 만들면서도 책의 가치에 대해 체감하지 못하고 살았던 것이다. 그래, 책이란 그런 거였다. 나 역시 책을 통해 가보지 않은 세계를 여행했고, 만나지 못한 사람과 데이트를 나누었으며, 알지 못하던 지식의 바다에서 헤엄치던 날들이 있었다. 그동안 만났던 수많은 작가님이 계약서에 도장을 찍던 날, 그리고 출간된 책을 처음으로 품에 안아보던 날에 눈가가 촉촉해짐을 바라보며 덩달아 코가 시큰했던 기억들도 떠올랐다.

그런데 지금 나는 어떠한가. 그 두근거림은 전부 어디로 갔을까. 이토록 행복한 행위를 업으로 삼고 있는 내 마음은, 이 불행한 마음은 어떻게 하면 좋을까. 이 아늑하고 따뜻한 공간에 업무의 연장으로 시장조사를 하러 온 사람은 나뿐이었다. 그 사실을 자각하고 나니, 문득 소각장을 둥둥 날아다니는 재의 찌꺼기가 된 기분이 들었다.

'다시 설렐 수 있을까.'

마치 이별의 상처로 새로운 사랑을 밀어내는 겁쟁이
처럼, 나는 속으로 가만히 물었다. 참석한 이들은 저마
다의 문장으로 소개를 끝마쳤고, 어느덧 내 순서가 되었
다. 나는 침을 한 번 꿀꺽 삼키고 조심스레 입을 열었다.

"음, 저는 출판사에서 책을 만드는 편집자인데요⋯. 편
집자 이야기를 책으로 만들어보고 싶어요."

그 순간 내 눈도 그들처럼 반짝반짝 빛났을까.

내 글의 쓸모

독립출판을 준비하면서 종종 나 자신에게 놀라곤 한다. 내가 이렇게나 할 말이 많은 사람이었나, 싶은 것이다. 언제나 책과 문장과 단어의 틈에 빠져 살다 보니 글을 쓰는 것은 어렵지 않은 일이건만, 한 번도 내 글을 쓸 생각이나 시도를 한 적이 없다. '명분'을 찾지 못한 까닭이다. 지면이야 일기장도 있고 블로그도 있고 마음만 먹으면 얼마든지 찾을 수 있건만, 결과적으로는 '굳이 써서 뭐해? 쓸데없이.' 하는 의문 앞에 마땅한 대답을 내놓지 못한 것이다. 직업병의 일종이었을까? 쓸모가 있어야만 글을 쓸 수 있다는 생각은.

책을 만들기로 마음먹은 지금, 나에게는 충분한 명분이 생겼다. 책을 내야 하니까 글을 쓰는 것이다. 그것도 무지무지 열심히. 계기를 묻는다면, 아무래도 독립서점에 드나들기 시작한 것 때문이리라. 다양한 독립출판물의 매력에 푹 빠진 것이다. 특히 소소하지만 특별한 자신만의 직업을 에세이로 풀어낸 책들이 참 좋았다. 도서관 사서가 어떤 일을 하는지, 동네에 작은 책방을 차려서 먹고살 수 있는지, 졸업을 하지 못한 대학원생이나 삼십대 백수의 일상은 어떤지… 모든 삶이 책이 될 수 있다는 사실을 깨닫고 나니 '그럼 나도 한번 해볼까?' 하는 자그마한 설렘 같은 것이 생겼다. 그게 시작이었다.

쓸모 있는 글을 쓴다는 것은 정말 기분 좋은 일이었다. 마감도 없고 누가 시키지도 않았는데, 야근을 하고 돌아와서 지친 몸으로도 기쁘게 노트북을 켰다. 이래본 적이 없었다. 늘 타인의 글과 책에만 신경을 썼다. 오롯이 나만을 위해 밤이나 주말에 시간을 낸다거나, 내 마음과 기억에 귀를 기울여 그 상황을 글로 표현해낸 적이 없었기에 더 특별했다. 남들 모르게 즐기는 은밀한 취미가 생기니 더욱 달콤했다.

책을 준비하는 와중에도 창피한 맘에 지인이나 가족에게도 밝히지 못했다. 특히 회사에는 철저히 비밀에 부쳤다. 아무래도 실제 있었던 일을 바탕으로 썼으니 자칫 김먼지의 정체가 탄로 나는 것도 두려웠지만, 그보다는

"먼지 씨, 자기 책 쓰느라고 일정 못 맞춘 거 아니에요?" 라든가 "요즘 정신이 딴 데 팔려 있어서 실수가 많네?" 라는 소리를 듣게 될까 봐 겁이 났다. 업무 시간에 글을 쓰건 쓰지 않건 출간 일정은 늦춰지기 십상이고, 신간 에는 분명 오자가 나올 것이다. 나의 딴짓은 그들이 잡기 아주 좋은 꼬투리일 게 뻔했다. 회사는 그런 곳이다. 어쩔 수 없다.

휴일은 어떻게든 사수해야 하는 귀중한 시간이었다. 글을 쓰기로 나 자신과 약속한 날, 종일 집에 머물며 아주 천천히 글을 썼다. 평소에는 잘 마시지도 않는 돌체 구스토도 한 잔 내려놓고서. 그런 날이면 내 고양이가 낮잠을 자다 말고 그루밍하는 모습을 보게 된다. 볕이 가장 좋은 창문 아래 자리를 잡고 앉는다. 시간과 정성을 들여 아주 오랫동안 온몸의 털을 싹싹 핥아 다듬는 다. 뒷다리를 하늘 높이 번쩍 치켜들고 그루밍할 때는 마치 요가를 하는 듯 우스꽝스러운 자세가 된다. 머리부터 꼬리까지 한참 동안 몸을 단장하고 나면 만족스럽다는 표정으로 다시 따사로운 햇살 아래서 낮잠을 청하는 것이다. 잘 보일 애인도 없는 녀석이 굳이 시간을 내어 하루에도 몇 번씩이나 털을 가꾼다. 그 모습을 보고 있노라면 글을 쓰고 책을 내는 행위도 마찬가지라는 생각이 들었다.

공중에 둥실둥실 떠다니는 나만의 생각과 느낌을 정성껏 고른 언어로 만드는 작업. 이것이야말로 나를 정성껏 가꾸고 돌보는 시간, 행복하고 만족스러운 시간이라는 것을 깨달았다.

이래서 다들 글을 쓰는 걸까? 그렇구나. 자신의 목소리를 몸 밖으로 내보낼 줄 아는 삶이란, 굳이 책을 내지 않는다고 해도 그 자체로 매우 근사하고 쓸모 있는 게 아닐까.

내 주제에
작가는 무슨

━━━▰ '나는 뼛속까지 편집자구나!'를 느낀 순간이 있다. 회사 1층에 있는 식당이 간판을 바꾸던 날이었다. 요란한 드릴 소리에 옆자리 동료가 인상을 찌푸리며 무슨 공사냐고 물었다.

"아, 아래층 가게 표지를 바꾸더라고요."

순간적으로 나온 내 대답에 그는 깔깔 웃으며 표지만 수정하는 거냐고, 본문은 왜 안 바꾸는 거냐고 농을 던졌다. 그런 내가 작가의 마음으로 지금 이 글을 쓰고 있다. 낮에는 편집자, 밤에는 작가. 요즘 나의 일상이다.

명분이 없었을 뿐, 나는 할 말이 정말 많았던 모양이다. 그동안 업계에서 보고, 듣고, 느끼고, 행한 것들을 그저 줄줄 풀어내기만 하면 글이 되었다. 너무 오래된 일이라 기억을 더듬어야 할 줄 알았는데, 사건 하나하나가 놀랍도록 생생하게 떠올랐다. (아무래도 충격이 컸던 모양이다….) 출퇴근길 지하철이나 회사에서 문득문득 떠오르는 글감들을 메모장에 적어두고, 퇴근 후나 주말에 그 소재들을 모아 글로 만드는 작업을 했다. 어쩌면 나는 글이 너무나도 쓰고 싶었던 걸까. 손에 재봉틀이라도 단 것처럼 타닥타닥, 타이핑을 멈추지 않았다.

며칠 만에 100페이지가량의 원고가 모였다. 출력해서 보니 꽤 그럴 듯했다. 뿌듯함이 온몸을 휘감았다. 당장에라도 근사한 책 한 권이 나올 것만 같아 어서 예정된 분량을 채우고 싶었다. 온종일 내 글 생각만 하느라 일에 집중이 잘 되지 않았다. 빨리 집에 가서 글을 쓰고 싶다는 두근두근한 마음이 업무에 지장을 줄 정도였다.

퇴근 후, 늦은 시각이지만 집에 돌아오자마자 옷도 갈아입지 않고 노트북을 켰다. 이 열정이 사그라지기 전에, 내 머릿속 글감들이 도망가버리기 전에 몽땅 쏟아버리고 싶었다. 원고를 얼마나 더 써야 하나 대강 살펴보았는데, 하고 싶은 말이 어찌나 많은지 아직 한참은 더 써야 했다. 내일 출근을 해야 했지만 그날은 왠지 밤늦도록 몰입하고 말았다.

한동안 작은 방 안에는 타닥타닥 노트북 자판 소리밖

에 나지 않았다. 시간이 얼마나 지났을까. 눈이 침침해질 무렵, 문득 고요하던 방의 흐름이 바뀌었다.

"애옹!"

고양이. 그래, 나는 고양이를 키우고 있었다. 그놈의 의욕 때문에 옷도 안 벗고 가방도 안 풀고 고양이에게 눈길도 안 주고 (원래 은신술이 뛰어난 녀석이긴 하지만) 글을 쓰고 있었던 것이다. 원래도 참을성 많은 녀석은 밥을 달라는지 아니면 화장실을 치워달라는지 그것도 아니면 무심한 나를 혼내는지 알 수 없는 말을 내게 건네고 있었다. 미안했다. 나는 곧장 노트북을 덮고 빈 밥그릇에 사료를 채우고 물도 갈아주었다. 화장실까지 치운 뒤에도 미안함이 가시지 않아 간식을 하나 뜯어줬다. 그제야 정신이 드는 것 같았다. 카펫에 붙은 고양이 털을 돌돌이로 제거하고, 어젯밤에 먹고 그냥 둔 라면 냄비를 설거지했다. 화장대 앞에 앉아 묵묵하게 화장을 지웠다. 그리고 고양이를 한 번 더 쓰다듬은 뒤 곧장 침대에 누웠다. 자고 싶은 건 아니었지만, 내일 출근을 위해 그냥 잠을 청했다.

이튿날부터는 아주 늦은 시각까지 야근을 했다. 갑자기 끼어들어온 마감 건이 생긴 것이다. 빨리 집에 가서 글을 쓰고 싶었는데 며칠 내내 상황이 여의치 않았다. 마음이 안 좋았다. 나도 내 글이 있는데 다른 사람의 글에만 집중해야 하는 게 슬펐다. 금요일에도 남의 책만 죽어라고 만들다가 퇴근을 했다. 실은, 멀리서 오랜만에 온 친구를 만나기로 약속한 탓에 오늘 해야 할 일도 다 하지 못한 채였다. 고로 주말에도 나는 남의 책, 남의 글에 파묻혀 살아야 한다.

내 글을 쓰는 시간은 나를 소중하게 돌보는 시간인데, 나는 타인을 돌보는 직업을 가지고 있다. 늦은 밤에 집으로 돌아가면 더러워진 집과 고양이를 돌봐야 하고, 애정하는 친구들과의 관계도 돌봐야 한다. 주말이니 부모님도 잘 계신지 돌봐야 한다. 돌봐야 할 것들은 참 많은데, 정작 나를 돌볼 시간이 없다.

그만둘까.

생각의 흐름은 폭포수처럼 극단적으로 쏟아져 내렸다. 갑자기 모든 것이 사치스럽게 느껴졌다. 내 주제에 글은 무슨 글이야, 나 하나 (그리고 고양이 하나) 먹고살기도 바쁜데. 회의감이 몰려왔다.

나는 내 글의 쓸모를 찾았다고 생각했다. 글쓰기가 쓸모 있는 행위라고 믿었다. 그래서 잠도 안 자고 열심히 써왔다. 그런데 정말로 내 글이 쓸모가 있을까? 나는 등단도 안 했고 필력이 뛰어나지도 않은 데다 출판편집자라는 직업은 특별하지도 않은데… 내 글이 누군가에게 도움이 될 수 있을까?

처음부터 작가가 되고 싶었던 건 아니다. 그저 글을 쓰고 싶었고, 기왕 쓴다면 책으로 만들어보고 싶었을 뿐이다. 점점 자신이 없어진다. 이런 내가 글을 쓸 수 있을까. 이 책을 끝마칠 수 있을까.

아무래도 슬럼프가 온 것 같다.

편집자의 메일 4

보낸 사람 : 최독자

날짜 : 2018년 12월 25일 오후 1시 4분 5초 GMT+9

받는 사람 : 김먼지

제목 : 책이 좋은 날에

이 책 98쪽 문장이 자연스럽지 않은데, 파본인가요? '더 이상 책을 생각하지 않기로 했다'를 '더 이상 책에 대해 생각하지 않기로 했다'로 바꾸는 것이 자연스럽습니다. 확인 후 답장 바랍니다.

2018. 12. 25. 오후 5:00에 김먼지 님이 작성:

안녕하세요, 최독자 독자님. △△출판사 기획편집팀 김먼지입니다. 저희 책에 관심을 가져주셔서 정말 고맙습니다. 좋은 의견 잘 기억하고 있다가 후에 2쇄를 찍게 되면 참고하겠습니다. 소중한 관심에 늘 감사드리며, 양질의 도서로 보답하는 △△출판사가 되겠습니다. 즐거운 크리스마스 되세요!

2018. 12. 25. 오후 6:39에 최독자 님이 작성:
이런 내용 알려드리면 도서상품권이나 도서 증정 없나요? 파본이잖아요.

2018. 12. 25. 오후 6:59에 김먼지 님이 작성:
네, 최독자 독자님. 파본은 오염이나 훼손, 제본 오류 등으로 인해서 독서가 어려운 책입니다. 문장의 흐름이 어색하거나 몇 개의 오탈자만으로는 파본으로 분류되지 않습니다. 또한 내규상 저희가 모르고 있던 치명적인 오류를 알려주신 것이 아니라서 따로 제공되는 것은 없으니 부디 너그러운 마음으로 양해 부탁드립니다!

2018. 12. 25. 오후 9:29에 최독자 님이 작성:
무책임하네요. 나는 이게 치명적 오류라고 생각합니다. 내가 직접 출판사 대표한테 건의할 테니까 연락처나 이메일 알려주세요.

2018. 12. 26. 오후 1:39에 김먼지 님이 작성:

정 그러시면 주소와 연락처를 알려주세요. 저희 회사에서
출간된 다른 책을 보내드리겠습니다.

2018. 12. 26. 오후 1:50에 최독자 님이 작성:

○○시 ○○동 ○○A. 103-703

최독자 010-××××-××××

확인받고 싶어서

고민이 많아졌다.

내 글을 쓸까 말까, 내 책을 만들까 말까. 그래, 기왕 시작했으니 쓰고 만든다 치고, 그렇다면 몇 권이나 만드는 게 좋을까. 시간 내서 글을 쓰고 돈 들여 책을 만드는 것은 어려운 일이 아니다. 그런데 이 책을 단 몇 권만 제작해서 소장할 것인가, 아니면 더 많은 부수를 인쇄해서 독립서점에 입고할 것인가를 결정하는 일은 훨씬 더 심각하고 어려운 문제였다.

출판사에서는 쇄당 2000~3000부가량을 제작한다. 유명한 독립출판물은 300~500부 정도를 찍는다고 한다. 나는 많이 팔 자신도, 많이 만들 돈도 없었다. 그런데 또 기왕 만드는 거 서점에 깔아보고 싶은 욕심도 생겼다. 그런데 서점은 또 몇 군데에나 입고를 해야 하지?

생각하면 할수록 머릿속이 복잡해졌다. 자칫 욕심을 부려서 많이 찍었다가 서점에서 받아주지 않으면? 보관할데도 없고, 냄비 받침으로 쓴다 해도 한두 권이지, 대부분 집 베란다 한구석에 처박혀 눅눅하고 퀴퀴한 최후를맞아야 할지도 모른다.

그래서 떠올린 것이 바로 '크라우드 펀딩'이었다. 크라우드 펀딩은 일종의 공동구매 같은 것인데, 물품을 제작하기 전에 후원자를 미리 모집하고 비용을 모금해 약속한 물품을 제작하고 전달하는 방식이다. 『책갈피의 기분』을 예로 든다면, 창작자 김먼지가 사이트에서 이 책의 내용과 분량, 판형 등을 소개하고 예비 독자를 미리모집하는 것이다. 펀딩에 성공하면 후원금이 김먼지에게입금되고, 김먼지는 그 돈으로 책을 만들어 후원자들에게 발송한다. 미리 설정해둔 기간 안에 모금액을 채우지못하면 펀딩은 무산된다. 당연히 독자들의 후원금은 결제되지 않으며 김먼지도 후원을 받을 수 없다.

자금이 넉넉하지 않은 (혹은 나처럼 자신감이 넉넉하지않은) 창작자에게 크라우드 펀딩은 상당히 매력적인 시스템이다. 사전에 이 책을 살 사람이 몇 명인지 알 수 있는 데다 제작비까지 미리 받게 되니, 몇 부를 찍을지 판단하기가 쉬워진다. 그리고 무엇보다 이 책이 세상에 나와도 되는가 하는 스스로의 의문에도 어느 정도 대답을 해줄 수 있을 것이다. 기간 내에 설정한 모금액을 채우지 못하더라도 내가 손해 보는 건 없다. 물론 자존감은 바닥을 칠 테고 심장에는 스크래치가 쫙쫙 가겠지만. 그럼 뭐, 한 열 권만 찍어서 가족끼리 돌려 봐야지.

그리하여 나는 '텀블벅'이라는 사이트에서 펀딩 프로젝트를 오픈하기 위한 작업에 들어갔다. 다른 작가들의 독립출판물도 이미 여러 권 진행되고 있기에 이를 참고해 이미지도 만들고 소개글도 썼다. 텀블벅 측의 승인을 기다리는 이틀 동안 정말 얼마나 긴장이 되던지. 삶에 큰 이슈가 나타나면 주위 지인들을 붙잡고 호들갑을 떨어대던 나인데, 이번만은 아무에게도 말할 수 없었다. 이 책의 특성상 동종업계 지인에게는 밝히기가 조심스러웠고, 가족이나 친구들에게도 괜히 부끄러워 말하지 못했다. 그렇게 혼자 애태우던 시간이 흐르고, 마침내 승인 메일이 도착했다. 텀블벅에서 '김먼지의 프로젝트'『책갈피의 기분』펀딩이 시작된 것이다! 내가 만든 표지가 포털에 떡하니 박힌 것을 보니 머리카락 끝까지 짜릿했다.

프로젝트 오픈 첫날 밤. 사건이 터졌다. 펀딩을 시작한 지 하루 만에 무려 10명의 후원자가 생긴 것이다. 알지도 못하는 나를 믿고 내 책에 돈을 쓰기로 마음먹은 사람이 10명이나 있다니! 하지만 터졌다는 사건은 이걸 말한 게 아니다. 기분이 너무 좋아서 입을 헤, 벌린 채 침을 질질 흘리고 있는데, 문득 목표 모금액의 숫자가 이상하게 보였다. 나는 손가락으로 모니터 화면 속 0의 개수를 헤아리기 시작했다.

"어? 왜 목표 금액이… 일, 십, 백, 천, 만, 십만, 백만?"

아뿔싸, 목표 모금액을 50만 원으로 설정한다는 게 그만 실수로 0을 하나 더 붙여서 500만 원이 되어버린 것이다. 프로젝트를 시작하는 것 자체가 마냥 떨리고 설레서 제일 중요한 금액을 살피지 않았다니, 이렇게 덜렁대서 어떻게 책을 만들 수 있을까 자책부터 했다. 50만 원을 모으기도 벅찬데 500만 원이라니. 안 봐도 실패가 뻔했다. 어떻게든 수습해보려고 홈페이지 고객센터 여기 저기를 미친 듯이 뒤져보았다. 하필 모금액은 수정이 되지 않는 항목이라고 친절하게 안내되어 있었다. 나는 후회스럽고 서러운 감정을 가득 담아 고객센터로 메일을 세 통이나 써 보냈다. 그들에게는 진상 고객처럼 느껴졌을 것이다. 자기가 잘못해놓고 제발 살려달라고, 저의 꿈을 펼칠 수 있게 한 번만 선처를 부탁드린다고 싹싹 빌고 있으니. (출판사에 근무하면서 사과 머신이 되었다⋯.) 하필 내가 실수를 발견한 것이 밤이었고, 심지어 이튿날이 휴일이어서 담당자와 통화도 할 수 없었고 메일 회신도 받을 수 없어 더욱 똥줄이 탔다.

이틀 뒤, 다행스럽게도 너그러운 마음씨의 담당자가 "목표 금액은 원래 펀딩 시작 후에는 수정할 수 없는 것이 원칙이나, 단순 실수이시고 펀딩 초기인 점을 고려하여 수정해드렸습니다."라는 세상 달콤한 회신을 주셨다. 그리하여 김먼지는 '자발적 펀딩 실패'라는 흑역사를 남기는 대신 아슬아슬한 해프닝만 남기게 되었다.

작가님,
마감입니다만

▰▰◢ 펀딩을 받기로 한 건 여러모로 잘한 결정이었다. 우선 바닥을 친 자신감과 그로 인한 슬럼프가 자연 치유되었다. 단 부작용도 있었다. 펀딩 오픈 이후 매일, 아니 매 시간, 아니 분 단위로 텀블벅 페이지에 접속해 후원자가 얼마나 늘어났는지 살피게 된 것이다.

'앗! 어제는 10명이었는데 오늘은 왜 8명이지?'

'인스타그램에 홍보라도 해야 하나?'

'지인 찬스를 써볼까?'

조바심 나는 시간이 흐르고 흘러 어느덧 텀블벅 펀딩 종료일이 일주일 앞으로 다가왔다. 다행히 목표액이 달성되어 후원금을 받을 수 있게 되었다. 그 말인즉, 후원자들에게 발송할 책을 하루라도 빨리 완성해야 한다는 뜻이다. 다른 말로 하면 마감 임박.

독립출판은 내가 작가고, 편집자고, 디자이너고, 제작자고, 대표다. 그러니 아무도 나를 재촉하거나 닦달할 수 없다고 생각했다. 내 맘대로 만들어서 내가 원하는 때에 출간하면 될 줄 알았다. 그런데 펀딩을 받게 되니 마감일이라는 게 생긴 것이다. 처음에는 그저 늘어가는 후원자 수에 기분이 좋았는데, 그와 반비례로 점점 줄어드는 펀딩 마감일이 내 목을 조여왔다. 이제 정말 써야 할 때다. 늘 작가를 독촉하기만 했지, 이런 느낌은 처음이라 심장이 두근거렸다.

처음엔 그냥 욕심 없이 대충이라도 만드는 게 목표였는데, 시간이 흐를수록 잘 만들고 싶어졌다. 요즘 잘나간다는 독립출판물을 몽땅 사서 읽었다. 와, 진짜 다들 너무 잘 쓰더라. 스토리며 사진이며 그림이며 어느 하나 빠지는 것이 없었다. 하지만 나는 그런 글을 애초에 쓰지 못한다. 더 주눅이 들어 슬럼프에 빠지기 전에 남의 책과 비교하는 짓은 그만두기로 했다.

그러고 보니, 6주짜리 독립출판 클래스를 진행하는 한 책방 사장님한테 메일로 문의를 한 적이 있다.

"진짜 6주 만에 책을 만들 수 있나요?"

"네, 욕심을 부리지 않으면 충분히 만들 수 있답니다."

처음엔 오타인 줄 알았다. 욕심을 부리면 만들 수 있단 얘기겠지. 그런데 이제야 깨닫게 되었다. 그건 오타가 아니었다. 욕심만 버리면 정말 금세 나올 수 있는 게 책인 것 같다. 나도 이제 그만 욕심을 버려야 했다.

평일 낮엔 시간이 없으니 퇴근 후를 최대한 활용했다. 주말과 공휴일에도 꼼짝없이 집에 틀어박혀 글을 썼다. 원고를 독촉하면 작가들이 종종 "저 글 쓰려고 지금 카페 와 있어요."라고 하던 게 생각나서 나도 노트북을 들고 카페에 갔다. 하지만 작가들이 다니는 카페는 따로 있는 모양이다. 우리 동네 스타벅스는 의자가 너무 딱딱해서 도무지 오래 앉아 있을 수가 없었다. 엉덩이, 허리… 안 아픈 데가 없었다. 글은 엉덩이로 쓴다더니…. 설상가상 커피를 마셨더니 화장실에 가고 싶은데, 노트북이나 가방을 도난당할까 봐 이러지도 저러지도 못하고 쩔쩔매다가 얼굴이 노랗게 되어 집에 돌아와버렸다.

편집자로 8년을 일하면서 보고 듣고 생각하고 느낀 것이 어디 한두 가지겠는가. 책에 담고 싶은 이야기가 정말 많았다. 게다가 나는 여전히 현직 편집자라서 하루가 지나면 에피소드가 또 하나 생기고, 그다음 날엔 두 개가 더 생겼다.

'앗, 오늘 만난 실장님 이야기도 써야지!'

'맞다, 이거 꼭 써야 하는데 빼먹을 뻔했네.'

'와, 이거 완전 대박 에피소드 아닌가?'

이러면서 글감 창고만 늘어나고 정작 원고는 모이지 않아 발등에 불이 떨어졌다. 하지만 그러는 와중에도 나는 정말 행복했다!

행복의 가장 큰 이유는 아직 나오지도 않은 내 책을 믿고 기다려주는 이들이 있다는 것. 텀블벅이라는 플랫폼을 통해 나는 독자부터 얻었다. 50명을 돌파했을 때도 꿈만 같았는데, 100명이 넘어가고 150명이 넘어갔다. 진짜 말도 안 되는 일이다. 그들은 내가 인스타그램에 올리는 책 쓰는 과정을 지켜보며 응원해주었다. 말없이 눌러주는 '좋아요' 하나, 안부를 건네는 댓글 하나가 얼마나 큰 힘이 되던지! 사랑받는 것, 인정받는 것이 이런 건가 싶었다. 대체 어디서 온 천사들일까, 이 책의 후원자들은. 감사한 마음에 '굿즈'도 만들었다.

불만투성이 직장 생활의 기록을 궁금해하는 누군가가 있다니, 갑자기 회사가 사랑스럽게 느껴질 정도다. 그래서 나는 오늘도 사직서를 내지 않았다. 이 책에 쓸 이야기를 하나라도 더 얻을까 싶어서. 팍팍한 일상을 버티

게 하는 글이, 책이, 그리고 독자들이 한 사람의 퇴사를
막은 것이다.

멈추지 않았더니
비로소 보이는 것들

�／ 아슬아슬하게 마감을 끝냈다. 그리고 며칠 뒤 인쇄를 마친 책이 집으로 배송되었다. 크고 묵직한 박스가 모두 여덟 개. 자꾸만 박스 안에 들어가려는 고양이를 간신히 떼어놓고 책을 꺼내 찬찬히 쓰다듬어보았다. 고생했다, 김먼지.

그러나 감상에 젖어 있을 시간이 없었다. 퇴근하면 총알처럼 집으로 달려가 책 한 권 한 권을 OPP 봉투로 포장하고, 사은품으로 만든 책갈피를 넣고, 후원자들에게 감사 편지를 쓰고, 다시 택배 봉투에 넣어 편의점에 가서 보내는 작업을 몇 주 내내 지속했다. 가뜩이나 좁은 집은 책과 박스, 포장지로 가득 차서 창고를 방불케 했다. 고양이만 한껏 신나서 이 박스 저 박스를 들락거렸다. (그러다가 파본도 몇 개 생겼다….)

텀블벅 후원자들에게 책을 발송하고 사전에 입고 허가를 받은 독립서점에도 다섯 권, 열 권씩 보내기 시작했는데, 이번에는 적당한 크기의 택배 상자를 구하는 것이 관건이었다. 책 열 권이 들어가는 박스를 구하지 못해 파지 할머니와 라이벌이 되어 동네 길바닥을 헤매던 나날들…. 낮에는 직장인, 밤에는 창고 직원이 되어 몇 주를 살았더니 몰골도 생활도 금세 피폐해졌다.

누군가 독립출판 하면서 가장 힘든 게 뭐였냐고 묻는다면, 나는 망설이지 않고 '포장'과 '배송'을 꼽을 것이다. 내 책을 읽어줄 독자가 있다는 사실만으로 감사하고 행복했지만, 솔직히 발송 과정에서 많이 지친 게 사실이다. 편집자로 일할 땐 한 번도 경험해보지 않은 일들. 그동안 나는 책의 데이터를 만드는 사람이었을 뿐 물성이 있는 책을 만들고 유통하는 사람은 아니었다. 그런 일은 대개 인쇄소와 제본소, 물류 창고, 서점 등지에서 이루어졌으니까. 독립출판을 하고 나니 입고 신청부터 포장, 배송, 배송 사고 처리 등 자잘하게 신경 써야 하는 게 한두 가지가 아니었다. 너무 버거웠다. 새삼 인쇄소 기장님이나 창고 부장님에게 고마웠다. 조금 엄살을 부리자면 '다시는 독립출판 하고 싶지 않을 정도'로 스트레스를 많이

받았는데, 인간은 망각의 동물인지라 지금 와서 돌이켜 보면 또 할 수 있을 것도 같다. 흐흐! (대신 얇고 가볍게 만들어서 책을 나를 때 조금이라도 수월하면 좋겠다.)

발송 작업까지 마치니 비로소 여유가 생겼다. 그제야 실감이 났다. 책이 나왔다! 내 책이 나온 것이다! 그 사실은 내게 어떤 변화를 안겨주었을까.

이튿날, 나는 아침 일찍 일어나 씻고 고양이의 밥과 물을 채워준 뒤 버스를 한 번, 지하철을 한 번 타고 사무실로 출근했다. 저자에게 전화해 원고를 독촉하고, 디자이너에게 표지 시안 수정을 요청하고, 기획회의와 콘셉트 회의를 진행한 뒤 파주 인쇄소로 가서 감리를 보고 퇴근했다. 한마디로, 평소와 다름없는 하루를 보냈다는 뜻이다.

그랬다. 책을 냈다고 해서 하루아침에 일확천금을 버는 것도 아니요, 회사를 때려치우고 전업 작가로 돌아서는 것은 더더욱 아니다. 가족이나 직장 동료, 친구 들에게도 따로 공개하지 않았기에(독립출판이라는 개념 자체를 설명하기가 귀찮았다) 나의 일상은 지극히 단조로웠다. 적어도 겉으로만 판단했을 때, 내 삶은 별다를 게 없어 보였다.

하지만 아니었다. 내겐 어마어마한 변화가 있었다. 아니, 글쎄 책을 냈더니 저절로 작가가 되어 있는 것이 아닌가! 등단도 하지 않았는데 말이다. 많은 것이 달라졌다. 인스타그램에 새로 만든 김먼지 계정에 날마다 모르는 사람들이 팔로우 신청을 했다. 인터넷에 책 제목을 검색하면 독자들의 후기가 떴다. 독립서점에 가면 내 책이 진열되어 있다. 사람들이 나를 '김먼지 작가님'이라고 불렀다. 독립출판 동료의 부탁으로 그의 책에 추천사를 썼다. 이메일로 요청을 받아 단행본과 웹진의 인터뷰도 했다. 놀랍고 기쁘고 고마운 날들이었다.

　　무엇보다 가장 마음에 드는 변화는 글을 쓰는 사람이 되었다는 것. 평생 남의 글을 만지던 내가 마침내 내 글을 썼다. 리뷰도, 보도자료도, 기획안도, 제안서도 아닌 나의 이야기. 심지어 그것이 책으로 나오고, 누군가가 읽어준다는 것이 이렇게 황홀한 일인 줄 전에는 미처 몰랐다. 내 이야기를 쓰면서 오롯이 나 자신에게 집중하던 그 순간들은, 그 어느 때보다 큰 만족감과 치유를 선물했다.

　　연애칼럼니스트 곽정은 씨가 〈마녀사냥〉이라는 텔레비전 프로그램에서 이런 말을 한 적이 있다.

"제대로 된 사람을 만났다는 분명한 증거는, 함께 있을 때 변해가는 내 모습이 자신의 마음에 드는 것."

글을 쓰고 책을 만들면서 잃어버린 줄 알았던 나의 언어, 나의 목소리를 되찾은 기분이다. 자꾸만 쓰고 싶고, 말하고 싶고, 생각하고 싶다. 계속 쓰고 싶고, 별게 다 쓰고 싶다. 김먼지의 변해가는 모습이 아주 흡족하다. 아무래도 임자 제대로 만난 것 같다.

중쇄를 찍자

독립출판한 『책갈피의 기분』 초판 1쇄 전량이 주인을 찾아 떠났다. 텀블벅 후원자에게 보내지고 독립서점들에 입고된 것이다. 이젠 내게도 책이 두어 권밖에 없다. (그마저도 고양이가 표지에 스크래치를 낸 파본들이다.) 그렇다고 해서 완판되었다는 뜻은 아니다. 여전히 전국 곳곳에서 『책갈피의 기분』이 뽀얀 먼지를 맞으며 제 주인을 얌전히 기다리고 있다.

매달 혹은 분기별로 각 서점에서 정산서를 보내온다. 이 달에 팔린 권 수와 입금할 금액을 기록한 문서다. 그런데 참 희한하다. 똑같은 책인데 어느 서점에서는 판매 속도가 빠르고, 어느 서점에서는 영 맥을 못 춘다. 열 권이 다 팔렸으니 스무 권을 추가로 보내달라는 서점이 있는가 하면, 정산서에 '0'이라는 숫자가 떡하니 찍혀 있는 곳도 있다. 그럴 땐 너무 부끄럽고 미안한 마음에 숨고만 싶어진다. 가끔 재입고 요청이 들어와도 이제 나에게 남은 책이 없다.

"제 책을 사랑해주신 덕분에 많이 팔릴 수 있었던 것 같아요. 정말 감사합니다! 그런데 아쉽게도 현재 재고가 없어서 재입고는 어렵습니다. 혹시 2쇄 제작 계획이 잡히면 연락드리겠습니다. 죄송하고 또 고맙습니다!"

재입고 거절 메일을 보내면서도 어딘가 아쉽다. 내 책을 더 달라고 하는데, 더 팔겠다고 하는데 내가 뭐라고 그 고마운 제안을 걷어차는가. 2쇄를 찍어야 할까 고민이 되기 시작했다. 하지만 그러기엔 다른 서점에 아직 책이 남아 있다. 게다가 중쇄를 한다고 해도 이젠 몇 부를 찍어야 할지 감이 잡히지 않는다. 많은 부수를 찍을수록 제작비용은 내려가는데, 몇몇 서점을 위해 소량만 인쇄하면 적자가 난다. 불티나게 팔리는 책도 아니고, 우리 집은 창고로 쓸 만큼 넓지 않다. 또 1쇄 때처럼 텀블벅으로 사전 제작비를 충당할 상황도 아니다.

역시 절판이 답일까. 그냥 여기서 끝내는 게 좋을까. 하지만… 아무래도 절판은 너무 아쉽다. 재입고 메일이 메일함에 차곡차곡 쌓일수록 내 머릿속 고뇌도 쌓여만

갔다.

그러던 어느 날, 모르는 이에게 메시지가 왔다. 그는 자신을 출판사 편집자라고 소개했다. 사실 내 책의 독자 대다수는 출판 관계자라서, 간혹 편집자들이 DM으로 간단한 리뷰를 보내오기도 한다. 그런데 그는 책을 재미있게 잘 읽었다는 소감 뒤에 다른 이야기를 덧붙였다.

"이 책을 더 많은 독자에게 읽히고 싶어요. 혹시 단행본 출간에 관해 이야기를 나눌 수 있을까요?"

낯설지 않았다. 날마다 내가 작가들에게 날리던 바로 그 멘트였으니까. 으아아아! 내게도 출간 제안이 오다니!

DM을 확인한 것이 마침 회사였기 때문에 더 긴장이 되었다. 혹시라도 누가 볼 새라 얼른 휴대폰을 숨겼다. 회사 몰래 만든 책인데다 경쟁사라 할 수 있는 다른 출판사의 재출간 제안까지 받으니 마치 스파이라도 된 기분이었다. 놀랍고 당황스럽고 가슴 뛰고… 그리고 정말 감사했다. 심지어 2쇄를 찍을지 말지 심각하게 고민하던 차에 기가 막힌 타이밍이 아닐 수 없다. 하지만 마냥 기쁘게 받아들일 수만도 없었다.

"너무 감사한 제안이지만, 사실 독립서점에서 익명으로 책을 냈기에 더 마음 놓고 솔직한 글을 쓸 수 있었던 것 같아요. 그런데 만약 단행본으로 나오면 제 정체가 들통 날 것도 두렵고, 독립출판한 이야기도 빼야 하고, 원고도 제법 손봐야 할 텐데… 그래도 여전히 이 책이 매력적으로 느껴질까요?"

솔직한 심정이었다. 나는 '김먼지'라는 필명 뒤에 숨어 있었기에 이 글을 쓸 수 있었고, 독립출판으로 책을 낼 수 있었다. 내 본명과 근무처를 공개해야 하는 조건이었다면, 이렇게까지 솔직한 이야기는 털어놓지 못했을 것이다. 지금까지 『책갈피의 기분』을 사랑해준 독자들은 정제되지 않은 나의 감정과 출판업계의 비하인드 스토리에 매력을 느꼈을 텐데, 텀블벅과 독립출판 제작에 관한 이야기를 읽고 도움을 얻은 이들도 있을 텐데, 그런 요소를 다 제거하고 나면…. 그래도 여전히 이 책이 사랑받을 수 있을까.

이토록 소심한 김먼지 앞에서, 집념의 편집자는 근래에 필명으로 정체를 숨기고 활동하는 작가가 많기도 하고, 아슬아슬한 부분은 수위를 조절해 합의점을 찾을 수 있다며 나를 설득했다.

"자세한 건 일단 만나서 얘기해요. 제가 법인카드로 맛있는 점심 사드릴게요!"

그와 약속을 잡는데 자꾸 웃음이 났다. 내가 입에 달고 사는 말을 자꾸 상대방이 하니까 기분이 이상했다. 그렇게 내 원고를 선택해준 '첫 번째' 편집자를 만났다. 우리는 함께 밥을 먹으며 독립출판에 관한 이야기도 나누고, 각자의 출판사에서 겪는 설움과 고충을 토로하며 공감대도 형성했다. 당장 계약을 하는 것은 아니었다. 아무래도 대형 출판사다 보니 수차례 기획회의와 심사를 하는 모양인데, 아직은 1차만 통과한 상태라고 했다. 애초에 상업출판은 생각도 하지 않은지라 과정이나 결과가 어떻든 나는 그저 얼떨떨했다. 작가로서는 무척 자랑스러운 일이지만, 실은 확신이 없는 상태였다. 오히려 이 책이 독립서점에서 빠져나와도 괜찮을까, 계속 사랑받을 수 있을까, 괜한 짓을 해서 욕이나 먹는 건 아닐까 하는 두려움이 더 컸다. 독립출판을 할 땐 남들이 뭐라 하든 나 좋을 대로 하겠다고 자신만만했는데, 나도 사람인지라 타인의 시선으로부터 자유롭지 못했던 것이다.

다행히 지금 무언가를 결정할 필요는 없었다. 충분히 고민하다가 안 내키면 거절하면 그만이고, 출간을 결심한다 해도 최종 회의에서 내 원고가 탈락할 수도 있었다. 그래서 그냥 시간을 두고 찬찬히 생각하기로 했다.

그런데 그날 이후 김먼지는 출판사 두 곳과 더 연락을 하게 된다. 비슷한 시기에 총 세 출판사와 단행본 이야기를 나누게 된 것이다. 세 명의 편집자와 만나는 동안 나는 『책갈피의 기분』이 그리 나쁘지 않은 책이라는 믿음을 갖게 되었고, 조심스레 상업출판을 결정할 수 있었다.

그리하여 김먼지는 세 곳 중에서 가장 규모가 작은, 그리고 이 책과 가장 잘 어울리는 출판사와 계약을 했다. 남에게만 일어날 것 같은 일이, 내가 늘 남에게 만들어주기만 했던 일이 마침내 나에게도 일어나니 너무 신기하고 즐거웠다.

독립출판 작가가 아닌, 상업출판 작가 김먼지에게는 또 어떤 변화가 생길까. 으, 갑자기 심장 뛰는 소리가 귓가에 들리는 것 같다.

테이블야자가
살았다

죽은 줄 알았던, 내가 죽이려고 했고 결국 죽인 줄 알았던 테이블야자가 살아 있었다. 일부러 녀석을 외면한 지 한 달이 넘었는데도 아직 쌩쌩했다. 몇몇 이파리 끝이 검게 말라 있었지만, 대체로 푸릇푸릇해서 처음 만났을 때와 크게 달라 보이지 않았다. 키우기 쉬운 식물이라더니, 이 정도였나. 그 강한 생명력이 경이로울 지경이다.

먹먹한 기분이 들었다. 나도 모르게 탕비실로 달려가 물을 떠다 화분의 목을 축여주었다. 나 살기 빡빡해서 물을 주지 않기로 한 건데, 실은 화분에 물을 줄 만큼의 시간은 언제나 있었다. 출근해서 컴퓨터를 켜고 부팅되길 기다리는 시간, 점심 먹고 양치질하는 시간, 퇴근 무렵 컴퓨터와 가습기를 끄며 자리를 정돈하는 시간.

그래, 다 핑계였다. 나는 그냥 말 못하는 식물에게 화풀이나 하고 싶었던 것 같다. 나는 이렇게 시들어가는데 혼자 푸르른 것이 꼴 보기 싫고 질투가 나서. 그땐 콱 죽어버렸으면 했는데… 지금은 살아남은 게 기특하고 미안하고 고맙기만 하다.

다시 화분에 물을 주기로 했다. 테이블야자를 위해서만은 아니다. 맑은 물 가득 떠서 찰랑찰랑하게 부어주는 짧은 시간 동안 나도 푸르른 숨 한 번 쉬게 되니까.

김먼지 : 언니, 불금인데 퇴근 안 해요?

한봉지 : 나 오늘 야근이야.

김먼지 : 언니도? 난 사실 야야근이에요.

한봉지 : 야야근은 뭐냐?

김먼지 : 8시까지 하는 건 야근, 막차 시간까지 하는 건 야야근.

한봉지 : 야, 그럼 새벽 3시까지 일하다 택시 타고 가는 건? 야야야근이냐?

김먼지 : 회사에서 택시비 대주면 야야야근, 안 대주면 그냥 외박. ^^

한봉지 : 으이그, 뭐하느라 여태 남아 있어?

김먼지 : 언니, 저 지금 전자책 만들어요. 푸하하!

한봉지 : 엥, 무슨 전자책?

김먼지 : 아니, 이번에 나온 신간 전자책 빨리 만들어서 올려야 하는데, 지금 진흥원 사업 때문에 어지간한 업체가 다 발이 묶여 있다는 거예요.

한봉지 : 응, 그래서?

김먼지 : 그래서는 뭘 그래서야, 유튜브 보고 공부하면서 지금 내가 만들고 있다니까요.

한봉지 : 와, 대박이다. 그게 돼? 편집자가 그걸 할 수 있어?

김먼지 : 뭐, 안 되는 건 없더라고요. 에휴…. 다음에 급할 때 언니네 것도 해줄게요, 싸게. 언닌 뭐 하는 중?

한봉지 : 난 마감하는 중인데, 디자이너가 열심히 본문 수정자 반영하고 있어. 저거 다 되면 받아서 또 한 번 체크하고, 데이터 아웃 해야지.

김먼지 : 힝, 힘들겠다. 눈이라도 좀 붙이고 있어요. 이렇게 시간 뜰 때가 제일 애매하지.

한봉지 : 맞아. 어휴, 언제 끝나려나. 진짜 오늘 외박인 가…. 난 편의점 좀 다녀와야겠다.

김먼지 : 야식?

한봉지 : 그냥 뭐 커피랑 이것저것. 슬쩍 봤는데 디자이너도 눈이 반쯤 감겼어. 오늘 안에 끝내려면 뭐라도 사다 먹

여야 할 듯.

김먼지 : 언니, 전 레드불 추천요! 핫식스랑 스누피랑 다 먹어봤는데, 난 레드불이 잘 맞더라.

한봉지 : 레드불 콜!

김먼지 : 큰 걸로!

한봉지 : 얼른 퇴근이나 해라, 뿅!

김먼지 : 고생해요, 언니!

에필로그
이제, 돌아갈 수 없습니다

처음부터 작가가 될 생각은 없었다. 그냥 내 이야기를 쓸 곳이 필요해서 책을 만들었다. 책을 만들고 났더니 작가가 되어 있었다.

'작가란 지면을 가진 사람'이라는 말을 들은 적이 있다. 출판은, 특히 독립출판은 누구에게나 열려 있는 아주 훌륭한 지면이라는 생각이 든다. 조금은 서툴고 투박하고 소소하지만, 세상에 단 하나뿐인 나만의 이야기를 들어줄 사람들이 귀를 쫑긋 세운 채 기다리는 곳.

상업출판사의 편집자로서 비교하자면, 독립출판은 독자의 눈치보다는 내 마음의 눈치를 더 보게 되는 장르다. 내가 좋은 것, 내 마음에 드는 것이 원고가 되고 책이 된다. 이번엔 이렇게 만들었으니 다음엔 저렇게 만들어야지, 하고 다양한 상상을 해본다. 내 안에 숨어 있던 이야기들을 꺼내기 위해 기획회의를 할 필요도, 기획안이 까일 일도, 그래서 탈탈 털린 공허한 마음으로 기획을 접어야 할 일도 없다.

앞으로도 기회가 된다면 더 많은 글을 쓰고 싶고, 가능하면 책으로도 만들고 싶다. 돈을 많이 벌기 위해서가 아니라(이건 거의 불가능에 가깝다) 그냥 좋아서다. 재미있어서다. 사랑하는 내 고양이를 궁디팡팡 할 때의 감촉도 쓰고 싶고, 사라진 단골 까페의 라테를 그리워하는 마음도 쓰고 싶다. 그러고 나서는 또 뭘 써볼까, 어떻게 만들어볼까, 순간순간이 즐겁다. 그래, 아무래도 책을 쓰기 전으로는 돌아갈 수 없을 것 같다.

그렇다고 편집자를 그만두고 독립출판 작가로 전향하겠다는 건 아니다. 나는 출판사에서 여러 작가들과 함께 그들의 반짝반짝 빛나는 이야기를 꺼내는 일을 아주 좋아한다. (그렇다고 힘들지 않다는 건 또 아니다.) 다만, 내 글을 쓰고 내 책을 만드는 소소하고도 은밀한 즐거움이 일상의 고단함을 달래주고 삶을 더 단단하게 만들어준다는 것을 믿고 있다.

오늘, 마음이 공허하고 외롭다면 책상 앞에 앉아 자기만의 글을 써보길. 당신은 곧 사랑받게 될 것이다. 최초의 독자인 당신 자신으로부터.

책갈피의 기분

초판 1쇄	2019년 4월 29일
초판 3쇄	2021년 11월 15일

지은이	김먼지
펴낸이	김태형
펴낸곳	제철소
등록	제2014-000058호
전화	070-7717-1924
팩스	0303-3444-3469
제작	세걸음

전자우편	right_season@naver.com
인스타그램	instagram.com/from.rightseason

© 김먼지, 2019

ISBN 979-11-88343-21-8 03810